LA FINGIDA ARCADIA

Tirso de Molina

- **LUCRECIA, condesa**
- **ALEJANDRA, dama**
- **HORTENSIO, viejo**
- **CARLOS, caballero**
- **PINZÓN, lacayo**
- **ÁNGELA, criada**
- **LARISA, labradora**
- **Don FELIPE, caballero**
- **FELICIANO, caballero**
- **CONRADO, caballero**
- **Don PEDRO, caballero**
- **Don ROGERIO, caballero**
- **Un CRIADO**

JORNADA PRIMERA

Salen LUCRECIA y ÁNGELA, criada

LUCRECIA: "Silvio, a una blanca corderilla suya
de celos de un pastor, tiró el cayado
con ser la más hermosa del ganado.
¡Oh Amor! ¡Qué no podrá la fuerza tuya!
  Huyó quejosa, que es razón que huya
habiéndola, sin culpa, castigado;
lloró el pastor, buscando el monte y prado;
que es justo que quien debe restituya.
  Hallóla una pastora en esta afrenta,
y al fin la trajo al dueño, aunque tirano,
de verle arrepentido, enternecida.
  Dióla sal el pastor, y ella contenta
la toma de la misma ingrata mano,
que un firme amor cualquier agravio olvida."

  No se pudo decir más;
hasta aquí la pluma llega.
ÁNGELA: Pluma de Lope de Vega
la fama se deja atrás.
LUCRECIA: ¡Prodigioso hombre! ¡No sé
qué diera por conocerle!
A España fuera por verle,
si a ver a Salomón fue
la celebrada etiopisa.
ÁNGELA: Compara con proporción
que no es Lope, Salomón.
LUCRECIA: Lo que su fama me avisa,
lo que en sus escritos leo,
lo que enriquece su tierra,
lo que su espíritu encierra,
y lo que verle deseo,
  mi comparación excusa;
y a él le da más alabanza
lo que por su ingenio alcanza

que a esotro su ciencia infusa.
    Tan aficionada estoy
a la nación española,
que porque tú lo eres, sola,
contigo gustosa estoy
    lo más del día.
ÁNGELA: Madrid
es mi patria, corte digna
de España, madre benigna
del mundo.
LUCRECIA: Valladolid
    dicen que es competidora
de su grandeza.
ÁNGELA: Sí fuera
si el clima y cielo tuviera
que a Madrid hacen señora.
    Mas, si sus partes te alego
contestarás que es mejor.
Patria es Madrid del Amor,
y así está fundada en fuego.
    Agua los celos la han dado,
si su fuerza hace llorar,
de fuentes que pueden dar
salud al más deshauciado.
    Si saber sus frutos quieres
flora sus campos corona,
su tributaria es Pomona,
sus venteros Baco y Ceres.
    Dale en olivos Minerva
oro puro y generoso,
ganado, el monte, sabroso,
tomillos el campo y hierba;
    las musas un Alcalá
que llamar Atenas puedo;
la cortesía, un Toledo
que doce leguas está;
    sus hechizos, la hermosura,
sus hazañas, el valor;
su mansedumbre, el amor;
sus milagros, la ventura;

nuestra religión su ley
de quien es seguro norte,
dos mundos la dan su corte,
la corte la da su rey.
    Goza del llano y montaña
que sus términos incluye;
y en fe que en todos influye
valor, es centro de España.
LUCRECIA: Di patria ilustre también
de Lope, y diráslo todo.
ÁNGELA: Si a tu gusto me acomodo no
es ése su menor bien.
LUCRECIA: Yo, después acá, que estoy
en el español idioma
ejercitada, si a Roma
a Tulio por padre doy
    de la latina elocuencia,
y al Bocaccio en la toscana,
a Lope en la castellana
no le hallo competencia.
    Más de un desapasionado
me ha dicho de tu nación
que en la prosa, a Cicerón,
estilo y gracia ha imitado,
    y a Ovidio en la suavidad
y lisura de sus versos,
sonoros, limpios y tersos,
confirmando esta verdad
    con lo que en sus libros hallo.
ÁNGELA: Si él ese favor oyera,
¡qué bien le correspondiera!
¡Qué bien supiera estimallo!
LUCRECIA: ¿Agradece?
ÁNGELA: Aunque hay alguno
que apasionado lo niega,
es tan fértil esta vega
que paga ciento por uno.
    Pero, ¿qué piensas hacer
con tantos libros aquí?
LUCRECIA: Todos son suyos y así,

ya que no le puedo ver,
    mientras gasto bien los ratos
que recreo en su lección,
si los libros suyos son
veré a Lope en sus retratos.
ÁNGELA: Con tanto libro, parece
estudio éste y no jardín.

Están todas las obras de Lope en un estante

LUCRECIA: Mejor dirás camarín
        que al alma de ley se ofrece.
ÁNGELA: Aquéste es el *Labrador*
        de Madrid, primero fruto
        de Lope.
LUCRECIA: Hermoso tributo
        que a un tiempo da fruto y flor.
ÁNGELA: Es divino.
LUCRECIA: De justicia,
        lo primero a Dios se debe;
        por eso quiere que lleve
        Lope, el cielo, su primicia.
ÁNGELA: No ha escrita él otro mejor.
LUCRECIA: Imitó, discreto, en él
        a la ofrenda que hizo Abel
        si Caín dió lo peor.
ÁNGELA: Ésta es la *Angélica* bella.
LUCRECIA: ¿Que Ariosto se le compara?
        ¡Valientes octavas!
ÁNGELA: Rara
        habilidad, y en ella
        la *Dragontea* compite
        del rayo de Ingalaterra.
LUCRECIA: Escribe en la paz la guerra
        lo que la pluma permite.
ÁNGELA: Mira en un cuerpo pequeño
        mil almas.
LUCRECIA: Bien le sublimas.
ÁNGELA: Éste se llama *Las rimas*

de Lope.
LUCRECIA: Son como el dueño.
          ¡Qué canciones, qué sonetos,
          qué églogas, qué elegías!
          Las noches gasto y los días
          en meditar sus concetos.
          ¡Si viviera Garcilaso
          celebrárale más bien!...
ÁNGELA: Ésta es la *Jerusalén*.
LUCRECIA: No la iguala la del Taso.
          Mira sus octavas llenas
          de sentencias y doctrinas
          sabio en las letras divinas,
          pues no escribe verso apenas
            sin allegar un autor,
          y hallarás en cualquier parte
          entre las veras de Marte,
          mezcladas burlas de Amor.
ÁNGELA: Aquéste es el *Peregrino*.
LUCRECIA: Más lo es quien lo escribió.
ÁNGELA: Qué bien faltas enmendó,
          siguiendo el mismo camino
            de aquel Luzmán y Arborea,
          cuyas *Selvas de aventuras*
          por Lope quedan escuras.
LUCRECIA: ¡Qué bien los Autos emplea
          que mezclados en él van!
          ¡Qué elegantes, qué limados!
ÁNGELA: Y más bien acomodados
          que los que mezcló Luzmán.
            Los pastores de Belén
          son éstos.
LUCRECIA: Si labrador
          fue con Isidro, pastor
          sabe Lope ser también.
ÁNGELA: Resucitó villancicos
          en su mocedad cantados,
          y agora en Belén honrados
          entre amorosos pellicos.
          Todas éstas son comedias.

LUCRECIA: *Décima séptima parte*
          ha impreso.
ÁNGELA: No hay que espantarte,
          que aun esas no son las medias
              que tiene escritas.
LUCRECIA: Pues ¿cuántas
          ha compuesto?
ÁNGELA: Novecientas.
LUCRECIA: Si los años no le aumentas,
          ¿dónde hay vida para tantas?
ÁNGELA: Ésta es verdad conocida
          en España.
LUCRECIA: Yo le diera
          por cada una, si pudiera,
          Ángela, un año de vida.
ÁNGELA: A novecientos llegara
          siendo otro Matusalén.
LUCRECIA: En él se lograran bien.
ÁNGELA: En este último repara
          que es *La Filomena*.
LUCRECIA: Canta
          Lope aquí, por Filomena,
          de suerte que ya es sirena
          si ave fue, pues nos encanta.
             Pero, para echar el resto
          al nombre que le hace claro
          y afrentar al Sanazaro
          en *La Arcadia* que ha compuesto,
             metafóricos amores
          en otra *Arcadia* mira,
          sus sutilezas admira,
          ten envidia a sus pastores;
             que yo, creyendo que piso
          márgenes de su Erimanto,
          si, con Belisarda canto,
          lloro celos con Anfriso.
             No sé divertir los ojos
          de sus versos y sus prosas,
          de sus quejas sentenciosas,
          de sus discretos enojos.

De día ocupa mi mano,
de noche mi cabecera.
¡Ay quien transformar pudiera
vida y traje cortesano!
    En la comunicación
de sus Leonisas, Anardas,
Amarilis, Belisardas,
¡quién oyera a un Galafrón,
    un Menalca, un Enareto,
un Brasildo, un Locriano,
un rústico cortesano,
un Celio, un Lauro discreto!
    ¡Oh, si el Po que nuestra quinta
riega y fertiliza tanto,
trocándose en Erimanto
la Arcadia que Lope pinta
    a Lombardía pasara...!
¡Oh, quién Belisarda fuera!
¡Quién a un Anfriso quisiera
y a su Olimpo desdeñara!

ÁNGELA: Si en deseos semejantes
te desvaneces, señora,
notable falta hace agora
en nuestra España Cervantes;
    que, a su manchego hazañoso
loco por caballerías
le prometió en breves días
hacer legítimo esposo
    de otra dama, que, perdida
por quimeras pastoriles,
entre Dïanas y Giles
rematase seso y vida.

Salen cantando don FELIPE, de pastor, y ALEJANDRA,
dama, LARISA, labradora. Cantan

TODOS: *Alma perseguida*
        romped la cadena;
        que tan triste vida

para nada es buena.
UNO: *Pesares amigos,*
    haced como tales
    que os haré testigos
    de mayores males.
OTRO: *Falsas alegrías,*
    vanas esperanzas;
    agora sois mías
    porque sois mudanzas.
UNO: *Si el amor se olvida*
    acabad mi pega.
TODOS: *Que tan triste vida*
    para nada es buena.
UNO: *¡Ay! mis ojos tristes*
    no sintáis llorar;
    pues mirar supistes
    sabedlo pagar.
OTRO: *Quien me mata muera;*
    vergüenza ha de ser;
    pero más lo fuera
    dejarlo de hacer.
UNO: *No viva afligida*
    quien celosa pena.
TODOS: *Que tan mala vida*
    para nada es buena.
LUCRECIA: Tan bien venido seáis
    como la canción es buena.
    Lope sus versos ordena.
    A su *Arcadia* los hurtáis;
     para darme gusto a mí
    no hallaréis lisonja igual.
ALEJANDRA: Ya en la Arcadia pastoral
    el Po se vuelve por ti;
     que puesto que eres condesa
    de Valencia del Po, has dado
    en ennoblecer el prado
    que con tu vista interesa.
     Nueva primavera y flores
    y dejando la ciudad
    en aquesta soledad

gozan fingidos pastores,
   que en libros de España miras
lo que a tantos potentados
causa celos y cuidados.
LUCRECIA: De cortesanas mentiras
   huyo, Alejandra; no creo
encarecimientos locos
más ciertos, cuanto más pocos;
amores honestos leo
   que ni pueden engañarme
con su sabia sencillez.
ni con lisonjas, tal vez
persuadirme, ni obligarme.
   Cuando me cansan los cierro,
cuando me alegran los abro,
en ellos firmezas labro
ya diamantes, si antes hierro;
   sobre gustos no hay disputa,
déjame con mi opinión.
FELIPE: En ella cobran sazón
río y monte, flor y fruta.
   Honre, señora condesa,
nuestros campos--¡pesia a tal!--
Personas viste el sayal.
Tal vez en la mejor mesa,
   entre el pavo y francolín,
sabe bien el salpicón;
gente los pastores son,
amor nació en su jardín.
   En las cortes vive el vicio,
y en el campo el desengaño;
la sencillez viste paño
si sedas el artificio.
   Sepa, señora, de todo;
buena Pascua le dé Dios.
LUCRECIA: Más os precio Tirso, a vos,
cuando me habláis de ese modo,
   que cuantos la corte cría.
En sus doseles nací,
ilustre sangre adquirí,

toda esta comarca es mía;
    lisonjas sé de palacio,
verdades quiero saber,
aprisa vive el poder,
vivir quiero aquí despacio.
FELIPE: Yo sé de cierto señor,
harto regalado y tierno
que, acostándose el invierno,
después que el calentador
    la cama le sazonaba,
se levantaba en camisa,
y dando causa a la risa
desnudo se paseaba.
    Burlábase de él su gente,
y juzgaba a desvarío
que tiritase de frío
y diese diente con diente,
    quien abrigarse podía;
más él, después de haber dado
sus paseos, casi helado,
a la cama se volvía,
    diciendo, "Para estimar
el calor que agora adquiero
es necesario primero
el frío experimentar."
    Ya que su excelencia sabe
tanto de corte y grandeza,
pruebe aquí, vuestra llaneza
más humana y menos grave;
    y sabréle allá más bien
el trato y soberbia real,
que quien no ha probado el mal
poco, o nada, estima el bien.
LUCRECIA: Pastor de Arcadia pareces
según estás hoy discreto.

HORTENSIO: Lucrecia, por tu respeto,

después que te desvaneces
  a estas selvas retirada,
en libros de poco fruto,
de tu ociosidad tributo,
paso una vida cansada.
  Soy tu tío, y en tu estado
me has hecho gobernador;
llámame padre tu amor;
como tal, me da cuidado,
  el poco con que te veo
de lo que te está más bien.
Tus vasallos que te ven
incasable, con deseo
  de que les des un señor
a tus méritos igual,
justamente llevan mal
de que malogres en flor,
  sin fruto tus verdes años
tan dignos de apetecer.
El gobierno en la mujer
es violento, y causa engaños.
  Dale dueño a tus estados
que envidian a Lombardía
a quien te sirve, un buen día,
y treguas a mis cuidados.
  Deja libros fabulosos,
quintas, bosques, soledades.
LUCRECIA: Basta, que aunque persüades
con afectos amorosos,
  primero es el aprender
tío, que el ejercitar.
En libros aprendo a amar;
en sabiendo bien querer,
  daré a mis vasallos gusto
y a tu consejo atención;
porque, sin inclinación
ya tú sabes que no es justo.
HORTENSIO: Muy gentil flema es la tuya
para los muchos amantes,
que juzgan siglos instantes,

                deseando que concluya
                el amor sus pretensiones.
LUCRECIA: ¡Qué! ¿tantos son por tu vida?
HORTENSIO: ¿No lo sabes?
LUCRECIA: Se me olvida.
HORTENSIO: Dos condes y seis barones,
                un duque y cuatro marqueses.
                ¿Caballetos? ¡No hay contarlos!
LUCRECIA: Si he de escoger y estimarlos,
                fuerza será que confieses
                  que para hacer elección,
                algún tiempo es menester.
                Mi esposo no ha de tener
                ni falta, ni imperfección;
                  muchas he considerado
                en los que su amor me ofrecen,
                que, en mi opinión, desmerecen
                mi gusto, si no mi estado.
                  De todos tengo una lista
                que, si vuelves esta tarde
                te harán un copioso alarde;
                pasa por ellos la vista,
                  y si de alguno supieres
                que vive libre de todas,
                trátame, Hortensio, de bodas.
HORTENSIO: Mientras a hacer no le dieres
                a un escultor, o platero,
                ¿dónde le piensas hallar
                sin falta?
LUCRECIA: Yo no he de amar
                a quien la tenga. Esto quiero.
                No me canses. Déjame.
ALEJANDRA: En *la Arcadia* donde miras
                disfrazadas las mentiras
                podrá ser que alguno esté
                  con la perfección que pides;
                y si haces elección de él,
                te casarás en papel
                vengando a los que despides.
LUCRECIA: ¿Quieren no darme pesar?

¿Quieren dejarme leer?
HORTENSIO: O muda de parecer
             o no te esperes casar.

Vase HORTENSIO

ALEJANDRA: Pues gustas quedarte sola
              con tus libros, prima, adiós.

Vase ALEJANDRA

LUCRECIA: Quedáos aquí, Tirso, vos,
             que de *la Arcadia* española
              no pequeña parte os cabe.
LARISA: Oliendo a loca me va
             nuestra condesa.
ÁNGELA: O lo está;
             a uno dice y otro sabe.

Vanse ÁNGELA y LARISA

FELIPE: Seis meses ha, prenda mía,
              que disfrazado por vos,
              trueco sedas en sayales,
              ¡metamórfosis de Amor!
              Dióme por patria a Valencia
              el cielo, en cuya región
              cuando hay guerra reina Marte,
              cuando hay paz, el ciego dios.
              Perdido por lo primero,
              juventud e inclinación,
              me sacaron de mi patria,
              porque siempre mi nación
              trasplantada en otros reinos
              hazañas fructificó;
              que no tiene, donde nace
              el oro, tanto valor.

Vine a Milán, plaza de armas,
de Alemania munición,
en que Marte viste acero
telas y brocado el sol;
a la guerra del Piamonte
voló la fama veloz
cubriendo hazañas de plumas
y noblezas de opinión.
Dióme el gran duque de Feria,
milanés gobernador,
una tropa de caballos
debajo la protección
de aquel Pimentel invicto,
valeroso sucesor
de aquel padre de la patria,
de aquel Numa, aquel Catón,
que fertilizando canas
a la Iglesia dió un pastor,
un mayordomo a su reina,
tres columnas a su Dios,
tres Alejandros a Marte,
a España hijos veintidós,
mil glorias a su alabanza
y a medio siglo un nector.
Con él asalté a Verceli,
y después en la facción
de la Valtelina, pude
gratularle triunfador.
Cobróme desde aquel día
generosa inclinación,
no examinada en palabras,
moneda vil de vellón,
sino en obras, que libraron
sus quilates al favor
que eslabonan beneficios
cadenas de obligación.
Venimos desde Milán
hasta Valencia del Po
de quien os llamáis condesa,
cuando fénix suyo sois.

Vuestro nombre, que en Italia
ser posible publicó
el hallarse en un sujeto
la hermosura y discreción,
nos trajo a veros, quedando,
esta vez, corta con vos,
la fama, y no la hermosura,
pues sois su exageración.
Liberal nos festejastes
ya en saraos, donde Amor
fue el maestro de danzar
y su discípulo yo;
ya en banquetes, donde pudo
igualar la ostentación,
la riqueza, el artificio,
la abundancia, a la sazón.
Los propósitos jugamos
una noche entre la flor
de esta quinta, que al dios niño
cría abeja, si áspid no;
mi ventura o mi desdicha
os dio asiento entre los dos,
mi general, el derecho;
yo, el lado del corazón.
Entré libre, salí enfermo,
quema el fuego, ciega el sol.
Pague incendios, llore engaños
quien tan cerca se llegó.
Cuántas veces al oído
os hablaba, bien sé yo
lo que alargaba conceptos
por gozar de aquel favor;
despropósitos del juego,
aunque dieron ocasión
a la risa, declararon
propósitos de mi amor.
Dábanles otro sentido
y tal vez discreta vos,
mudábades mis palabras,
al paso que la color.

Perdí y gané el acabarse
el juego y conversación.
Gané el ser de vos querido;
perdí el seso, que mejor
bien sabéis vos, prenda mía,
que divirtiendo el calor
cuando todos registraban
ya la fuente, ya la flor;
tribunal de mis desvelos
aquel verde cenador,
que en el pleito de mis ansias
sentenciastes contra vos;
agradecida y piadosa
admitistes mi afición,
como equívocos regalos
con recíproco favor;
el cristal será testigo
de esta mano que selló

Bésasela

en mis labios el secreto
que conserva el corazón.
Salí del jardín confuso,
si vencido, vencedor;
si amante, correspondido;
si con deudas, acreedor.
Llegó el día de ausentarnos,
--¡noche dijera mejor--
despedímonos corteses,
él contento, triste yo;
pero apenas cuatro millas,
en la breve dilación
de vuestra hermosa presencia,
--¡qué larga me pareció!--
anduvimos, cuando el alma,
conio Clicie tras el sol,
a la luz de vuestra vista
los pasos retrocedió.

Fingí con mi general
que al partir se me olvidó
una joya en vuestra casa
de no poca estimación.
Dije bien, pues en rehenes
el alma se me quedó;
en empeños la esperanza;
la libertad en prisión.
Di la vuelta a vuestra quinta,
¡juzgad con qué prisa, vos,
si las alas que Amor lleva
no son plumas, llamas son!
Disfrazóme en ella, en fin,
el sayal de labrador;
amor siembro, cojo celos,
fruto espero, no dais flor.
Seis meses ha, mi Lucrecia,
que, como mal pagador,
entretienen esperanzas
una y otra dilación;
en el campo, dueño mío,
no hay labranza sin temor;
no hay cosecha sin recelos,
sin trabajo no hay sazón.
Pero, ¿qué ha de hacer quien mira
que malogran mi labor
tanto amante pretendiente
de quien soy competidor?
Soy extraño, propios ellos,
poderosa la acción,
varïable la Fortuna,
ellos ricos, mujer vos.
O matadme o dadme vida;
que ni yo Tántalo soy,
ni para esperanzas largas
tiene flema un español.
LUCRECIA: Jardinero de mis ojos,
imperio de mi albedrío,
dueño de mis pensamientos,
esfera de mis sentidos,

regalo de mi memoria,
sol que adoro, luz que miro,
--que no sé decir ternezas,
si no se las hurto a Anfriso--
a dar fondo los quilates
de tu amor, la fe que al mío,
horas llamaras los años,
si llamas los meses siglos.
¿Dilaciones encareces?
Caro vendes o amas tibio;
pues enfermo está el amor,
que se cansa en el camino.
Jugando empezaste a amar,
y como tahur no has sido,
cansástete, no me espanto,
que es, Felipe, tu amor niño.
Los propósitos jugamos,
y son tan firmes los míos
en materia de quererte,
que por adorarte olvido
los títulos que pretenden,
con derecho más antiguo,
usurparte el que te doy
de esposo y dueño querido.
Sobre palabras se juega,
el crédito tengo rico,
no te levantes tan presto;
cédulas, mi bien, te libro,
que no son, dirás, quebradas,
pues paga a plazo cumplido
el juez noble cuando pierde,
por palabra o por escrito.
Si cultivando esperanzas
vives, labrador fingido,
yo también, porque te adoro,
cortes dejo y quintas vivo.
¿Qué celos tus flores hielan?
¿Qué mudanzas o desvíos
el fruto te desazonan,
que ya tan cercano has visto?

Tus esperanzas dilato,
porque temo los peligros
que te amenazan, si de ellos
cautelosa no te libro.
Poderosos pretendientes,
¿qué han de hacer, si ven que elijo
en su ofensa a un español
hasta el nombre aborrecido?
Escribamos, pues te ampara,
caro amante, el duque invicto
de Feria, porque a su sombra
no te ofendan enemigos;
y entretanto engaña el tiempo,
pues sustentan a Amor niño
alimentos de esperanzas
que yo, por darlas alivio,
de día, cuando el recato
no me deja hablar contigo,
gasto el tiempo en aprender
cómo amarte, en estos libros;
las noches encubridoras
de enamorados delitos,
lo que estudio con el sol
a la luna te repito;
después que pastor te veo
tan pastora el alma finjo,
que me juzgo Belisarda
y te considero Anfriso;
si, como él, sospechas tienes,
ni hay competencias de Olimpo,
ni fuerzas de Clorinardo,
ni venturas de Galicio.
Triunfa dichoso de todos,
que, ni vuelve atrás el río,
ni retroceden los cielos,
ni se muda al viento el risco,
ni yo, que los aventajo,
y en la eternidad dedico
trofeos de mi constancia,
mientras en firmeza imito

bronces, aceros, diamantes,
sol, esferas, tiempos, ríos,
robles, cedros, lauros, palmas,
muros, montes, peñas, riscos...
   Si amarte finjo,
mátenme celos y en ausencia olvido.
FELIPE: Si deseos dilatados
hallan en ti tal alivio
--¡dulce dueño de mis ojos!--
poco tiempo he padecido.
Más valen las esperanzas
que en ti logro, los suspiros
que en ti alegro, las sospechas
que en ti aseguradas miro,
que las posesiones de otros.
Liberal pagas servicios,
piadosa, remedias penas,
pródiga, haces beneficios.
Injustas mis quejas fueron.
¡Perdón, humilde te pido!
Jacob soy, mi Raquel eres,
su amor y paciencia imito;
no trocaré desde hoy más
estos jardines Elisios,
estos dichosos sayales,
estas fuentes, este río,
por la silla del imperio,
por los tesoros del indio,
por las telas de Milán,
por las púrpuras de Tiro.
Pastor soy, no soy soldado,
galas dejo, armas olvido;
sólo a Belisarda adoro
que me transforma en Anfriso.

Sale ÁNGELA

ÁNGELA: Cansando están esas puertas
competidores prolijos,

por saber resoluciones
de su amor desvanecido.
Aquí está el duque Alejandro,
los marqueses Federico
y Pompeyo, los dos condes
Marco Antonio y Julio Ursino.
Despídelos de una vez,
o da la mano al más digno;
porque entro tantos llamados
venga a ser el escogido.
LUCRECIA: ¿Hay estado semejante?
Ven; que en un papel que he escrito,
verás, Ángela, cuán bien
de sus locuras me libro.
ÁNGELA: En fin, ¿no quieres casarte?
LUCRECIA: De estas selvas he aprendido
gustos de la libertad.

A FELIPE

¿Qué os parece?
FELIPE: Aqueso pido.

Vanse todos. Salen FELICIANO, ROGERIO, CARLOS,
CONRADO y HORTENSIO, viejo

FELICIANO: Yo sé que la condesa se retira,
porque, cortés, rehusa desdeñaros,
y mis deseos con cuidados mira,
por más que la pasión llegue a cegaros.
ROGERIO: La confïanza que tenéis, me admira,
cuando favores, puesto que no claros,
seguros, anteponen mi ventura
a la consecución de su hermosura.
CARLOS: No he visto yo, hasta agora despreciados
los méritos, que en mí, Lucrecia, estima.
CONRADO: Si paga amor, y no desprecia estados,
duque de Ursino soy, y ella es mi prima.

HORTENSIO: Todos sois en Italia titulados,
              y a todos la esperanza que os anima
              os tiene, en su amorosa competencia,
              esperando suspensos la sentencia.
                  Vuestras ilustres partes la he propuesto.
              El término se cumple aquesta tarde,
              en esta quinta el tribunal ha puesto
              Amor, niño absoluto; el vuestro aguarde
              y vaya cada cual con presupuesto,
              que Amor en elecciones no hace alarde
              de méritos ni partes, pues, si elige,
              no por razón, por voluntad se rige.
                  Uno ha de ser, no más, el escogido;
              culpen a las estrellas los llamados.
CARLOS: Seguro estoy que soy el preferido.
ROGERIO: Presto veréis que premia mis cuidados.

Sale ÁNGELA

ÁNGELA: La condesa, señores, que ha sabido
              que del hilo de un sí penáis colgados,,
              de este papel me manda a ser correo,
              remitid a los ojos el deseo.

Vase ÁNGELA

CARLOS: Léale, Hortensio.
HORTENSIO: Así dice,

Lee el papel

"La condesa de Valencia
que dar gusto a sus vasallos
y elegir esposo intenta,
entre los que en Lombardía
pretensiones manifiestan,

dignas, por sus muchas partes,
de mayor dote y belleza,
no sabe en cuál resolverse,
temerosa que se ofendan
los que, escogiendo a uno solo,
han de excluirse por fuerza.
Además, que, como el alma
se rige por sus potencias,
voluntad y entendimiento
y por sus objetos éstas;
así, como la verdad
es el objeto y esfera
que el entendimiento mira
y no puede obrar sin ella,
del mismo modo que puede
obrar la voluntad ciega
sin la bondad, que es su objeto,
la cual ha de ser perfecta
y bella en todas sus partes;
para que el amor lo sea,
pena que si una le falta
ya no es bondad ni belleza,
en esto no hay poner duda,
pues es, por común sentencia,
Bonum ex integra causa,
nace el bien, de causa entera,
y no siéndola ya es mala,
porque el mal, es cosa cierta
que es *Ex quocunque defectu*,
por cualquier causa pequeña,
según esto, si ha de amar,
voluntad que no está enferma,
al bien, y éste no lo es
como algún defecto tenga.
La que, sin considerarlo
a marido se sujeta
imperfecto y defectuoso,
o no tiene amor, o es necia.
Yo, pues, por no parecerlo,
entre tanto que no vea

hombre en todo tan cabal
que ser objeto merezca
de mi voluntad y amor,
no he de casarme, aunque pierda
la vida en este deseo,
por no amar, o amar de veras.
He ponderado las faltas
que tienen los que desean
este casamiento mío;
y, porque cuando las sepan
de sus intentos desistan,
me ha parecido ponerla,
en esta breve minuta.
Si las juzgaren pequeñas
para esposo, no lo son;
que el mal, para que lo sea,
Est ex quocunque defectu
como el bien de causa entera."
CARLOS: Latines sabe esta dama?
HORTENSIO: Estudian las de esta tierra
que se pican de curiosas;
y eslo mucho la condesa.
FELICIANO: Ahora bien; vaya de faltas
y veré por cual me deja.
CONRADO: Ella perderá el juicio
si prosigue en esta tema.

HORTENSIO: Dice así, "Dejo a Conrado
por puntüal melindroso,
que, no es bueno para esposo
un hombre tan delicado."
CONRADO: ¿Yo?
HORTENSIO: "Dicen que despidió
al que los cuellos lo abría,
porque en él, un puño, un día,
mas un abanico halló
  que en el otro, y si así pasa
no hay falta cual la avarienta;
que quien abanicos cuenta
¿qué hará la hacienda de casa?"

CONRADO: ¡Vive Dios, que la han mentido!
HORTENSIO: "Tampoco a Rogerio quiero,
          que, puesto que es caballero,
          el serlo ha desmerecido,
             pues vive desempeñado
          y a mohatras no se atreve;
          porque el caballero debe
          y no paga el titulado."
ROGERIO: ¡Donosa falta me puso!
HORTENSIO: "Feliciano me da enojos,
          que tiene azules los ojos
          y yo quiero ojos al uso.
             Guarde lo azul para el cuello,
          por que, si le he de admitir
          los ojos se ha de teñir
          como otros barba y cabello.
             Carlos es desaliñado
          y yo no he de ser mujer
          de quien no sabe comer,
          limpiamente un huevo asado.
             Favio, habla con estribillo;
          Teodoro, en grosero toca,
          pues lo es quien trae en la boca
          toda la tarde el palillo."
CARLOS: ¿Pues ésa es acción grosera?
FELICIANO: Si es mondadientes, sacalle
          en la boca por la calle,
          es ir con la escoba afuera.
HORTENSIO: "Julio, de barba cerrado,
          habla por tiple y sesea,
          y hará cualquier cosa fea
          un hombre tiple y barbado.
             Celio es calvo, y para padre
          mejor; Decio si se enoja,
          el mayor voto que arroja
          es, ¡por vida de mi madre!
             Marco Antonio trae antojos;
          César, copete y guedejas,
          zarcillos en las orejas
          y echa la culpa a los ojos.

        Y, si coninigo se casa
reñiremos por saber
cuál de los dos es mujer
y quién el que manda en casa.
        Federico, no penetra
lo que a caballero debe.
Bebe en invierno sin nieve
y escribe clara la letra.
        Valerio ha dado en traer
alzada la sotanilla;
y hay quien piensa que se humilla
y va a fregar o barrer.
        Por estos y otros defectos,
soy señores de opinión
que, si Amor es perfección,
yo no he de amar imperfectos.
        Y vivan sobre este aviso
mientras con tino no tope
tan perfecto como Lope
en su *Arcadia* pinta a Anfriso.
ROGERIO: ¿Qué *Arcadia* o qué Lope es éste?
FELICIANO: ¿Qué se yo? O esta Lucrecia
        es loca, o peca de necia.
CARLOS: Pues aunque no manifieste
        amarme--¡viven los cielos!--
        que he de hablarla.
ROGERIO: Yo imagino
        que a igualarnos, cuerda, vino,
        por no ocasionar los celos
           que haciendo de uno elección
        a los demás ha de dar.
CONRAD: Yo, Rogerio la he de hablar
        que tengo satisfacción,
           aunque sois nobles y ricos,
        de que he de verme su esposo.
ROGERIO: ¿Vos puntüal, melindroso,
        que contáis los abanicos?
CONRADO: Yo sé que la satisfago.
CARLOS: A los demás me prefiero,
        pues si debe el caballero

yo debo mucho y no pago.
FELICIANO: Andad que la dais enojos,
               y aprended, más aliñado,
               a comer un huevo asado.
CARLOS: Sí haré, si os teñís los ojos.

FIN DE LA PRIMERA JORNADA

JORNADA SEGUNDA

Salen don FELIPE, de pastor, y ALEJANDRA

FELIPE: ¿También ella ha dado en eso?
ALEJANDRA: El trato y conversación
        varían la condición,
        la de mi prima profeso.
        Cuando tiene poco seso
        el señor, pocos crïados
        le sirven considerados.
        en casa del jugador
        todos imitan su humor;
        la guerra engendra soldados.
         A cierto rey, adulaba
        un privado, o necio o loco;
        era cojo el rey un poco
        y el otro le remedaba,
        sano estando, cojo andaba.
        Imitaron sus antojos
        los demás, y dando de ojos
        cuantos iban á palacio
        llenaron en breve espacio
        toda la corte de cojos.
        Provincia hubo, cuya gente
        mandó a cada cual, por ley,
        por faltar un diente al rey
        que se sacase otro diente.
        Mueve el objeto presente.
        Trata en pastores Lucrecia,
        que caballeros desprecia,
        después que estos campos mora,
        y yo imito a la señora,
        ya sea cuerda, ya sea necia.
        Esta negra *Arcadia* ha sido
        de Lope, quien la ha encantado.

FELIPE: *La Arcadia* de Lope ha dado
            al traste con su sentido.
ALEJANDRA: Tirso, basta lo fingido.
            Yo sé, que aunque jardinero
            te vendrá el sayal grosero;
            hablando a lo pastoral,
            debajo el sayal, hay al.
FELIPE: ¿Qué ha de haber?
ALEJANDRA: Un caballero.
FELIPE: Bien puedo venirlo a ser;
            de menos nos hizo Dios.
ALEJANDRA: Solos estamos los dos;
            ya sabes que la mujer
            pierde el seso por saber.
            ¿Díme quien eres?
FELIPE: Verá
            en la locura que da
            Regidero fué mi padre,
            si dice verdad mi madre,
            y alcalde una Navidá.
            Cuando nací, no hubo quien
            no dijese a la parida,
            "No hay cosa más parecida
            en el puebro, al sacristén."
            ¡No lo llevó padre bien!
            Mas yo que tengo ventura
            más que un sobrino de un cura
            y soy labrador. ¡Por Dios
            que pienso, que a ambos a dos
            les soy en cargo la hechura!

*Sale **LUCRECIA** con La Arcadia en la mano*

LUCRECIA: (¿Si hallaré a mi jardinero   **Aparte**
            retratando entre sus flores
            mis esperanzas y amores?)
ALEJANDRA: Tirso, vos sois caballero.
            Aunque el azadón grosero
            os dé ejercicios tan llanos,

     tenéis muy blancas las manos;
     y aunque más disimuléis
     los callos que no traéis
     son guantes de los villanos.
LUCRECIA: (Tirso y Alejandra, están   **Aparte**
     solos.)
FELIPE: También tengo yo
     mis callos.
ALEJANDRA: Aqueso no,

Tómale una mano

     que ellas os desmentirán.
FELIPE: Estése queda.
LUCRECIA: (Ya van   **Aparte**
     quilatando mis desvelos
     el oro de amor, con celos.)
ALEJANDRA: ¿Esta es mano labradora
     O cortesana y señora?
LUCRECIA: (La mano le ha dado, ¡ay cielos!) **Aparte**
ALEJANDRA: Aquí mi sospecha vea
     engaños que en sayal fundas,
     que manos tan vagamundas
     más son de ciudad, que aldea.
FELIPE: Como ha poco que se emplea
     en el campo mi labor,
     aún no he mudado el color,
     Estudiaba para cura,
     mas tengo la cholla dura
     y quedéme en labrador.
     Suelte, que parece mal.

Sácale una valona con puntas de cuello

ALEJANDRA: Que os desmienta amor me manda.
     ¿Dicen bien cambray y randa
     con el buriel y el sayal?
LUCRECIA: (¿Hay desventura tal?   **Aparte**

           Don Felipe, al fin, traidor.)
ALEJANDRA: ¡Qué delicado pastor!
           Llámeos el que os considera
           dentro holanda, y sayal fuera,
           Tirso hipócrita de amor.
              Pero Lucrecia está aquí.
           Turbado os habéis en vella,
           sed cortesano para ella
           y labrador para mí,
           que, pues andaban así
           los pastores de Erimanto,
           si Anfriso sois, no me espanto
           que estime tanto la vida
           de nuestra Arcadia fingida
           y que a vos os quiera tanto.

                    Vase ALEJANDRA

FELIPE: ¡Lucrecia del alma mía!
LUCRECIA: ¿De vuestra alma? Debe ser
           alma, Tirso, de aLquiler
           con huéspedes cada día.
           Quien de españoles se fía
           llora engaños como yo;
           quien jardineros creyó,
           funde en flores su esperanza,
           símbolos de la mudanza,
           rosas hoy, mañana no.
FELIPE: Si decís eso, mi bien,
           porque aquí Alejandra estaba...
LUCRECIA: A las manos os miraba,
           gitana, sus rayas ven.
FELIPE: Si nos oyérades bien
           salieran recelos vanos...
LUCRECIA: Son ladrones los gitanos;
           dístesle la mano vos,
           y amor que es juez porque es Dios
           os cogió el hurto en las manos.
              Ya sabéis vos que en la palma

funda el Amor su caudal,
pues se la dan en señal
los que hacen de dos un alma;
con la vuestra el pesar calma
de Alejandra, dadla el sí,
pues darle la mano os vi;
que contra agravios villanos
la venganza es toda manos
y las tendrá para mí.

FELIPE: Admitid satisfacciones.
LUCRECIA: No las hay para la vista.

Sale CARLOS

CARLOS: Aunque encartado en la lista
de faltas e imperfecciones,
    condesa...
FELIPE: (No me faltaba   **Aparte**
sino aqueste estorbo agora.)
CARLOS: En fe que el alma os adora.

A LUCRECIA

FELIPE: Yo maravillas sembraba,
    que por ser de Amor son de oro,
dio Alejandra en porfiar
que no se habían de lograr.
CARLOS: Digo que en fe que os adoro,
    Lucrecia mía, no quiero
que me desdeñáis creer.
FELIPE: Dijo que no habían de ser
si espuelas de caballero,
    que por azules son celos
y por ser espuelas pican.
CARLOS: Muchos que os aman publican
esperanzas y desvelos,
    que porque os darán enfado

con las faltas que escribistes,
discreta los despedistes;
y aunque entre ellos señalado
    yo sé que soy preferido.
FELIPE: Dijo, sembrad, jardinero
espuelas de caballero.
Respondíla, yo no he sido
    caballero, sí pastor,
ni han de sembrarse en mis eras
flores que son caballeras.
CARLOS: ¡Qué importuno labrador!
    ¿No echaréis de ver, villano,
que estoy hablando yo aquí?
FELIPE: Como esto la respondí,
llega y cógeme la mano,
    y agarra las maravillas
que encubierta conoció;
pero, aunque las marchitó,
si ella quiere recebillas
    bien puede, como no crea
engaños y trampantojos
que tal vez hacen los ojos.
CARLOS: No me deis causa que sea
    descortés con la condesa,
villano, agora por vos.
LUCRECIA: Andad, Tirso, andad con Dios,
que no es buena disculpa ésa.
    Proseguid vuestro ejercicio,
lo que Alejandra os mandó
sembrad, que no quiero yo
contradecir vuestro oficio.
    ¿Trasplantar flores, no es
de una a otra parte mudarlas?
Pues bien, podéis trasplantarlas
si el mudarse es tu interés.
    Andad, dadlas otra mano
si no basta la primera.
CARLOS: Menos tratable os quisiera,
señora, con un villano.
LUCRECIA: Gusto de gente sencilla;

mas ya este pastor me enfada
porque tiene alma doblada.
Idos de aquí.
FELIPE: Persuadilla
quisiera a lo que es verdad.
LUCRECIA: Ya os digo que nos dejéis.
CARLOS: Rústico, vos pretendéis
que ofenda la calidad
de mi nobleza con vos.
FELIPE: Que no ofenderá.
CARLOS: Villano,
¿vos os vais del pie a la mano
conmigo?
FELIPE: Y con otros dos.
LUCRECIA: ¡Bárbaro! ¿Con el marqués?
FELIPE: Despúes que soy jardinero
y espuelas de caballero
traigo, ya que no en los pies,
en las manos, he cobrado
humos de caballería;
el valor nobleza cría.
Si me habéis menospreciado,
juzgando, por suerte escasa,
el sayal que estimo al doble,
advertid que el huésped noble
tal vez vive en pobre casa.
CARLOS: ¿Que esto consienta a un grosero?
LUCRECIA: ¡Dejadle, que si villano
se ha tomado tanta mano,
vengarme y vengaros quiero
con daros la mano yo,
en fe de lo que os estimo
como amante y como primo!

Danse las manos y quítaselas don FELIPE

FELIPE: ¿Cómo amante? Aqueso no;
que yo, que este jardin guardo,
arranco, si me parece,

la mala hierba que crece,
y sus espinas escardo.
    Espuelas de caballero
me hizo Alejandra sembrar,
y si se han de malograr
flores que sembré primero,
    satisfagan mis desvelos
la venganza a que se aplican,
ya que como espuelas pican
y como azules dan celos,
    que los planteles que trazo
de otra labor han de ser.
CARLOS: ¿Qué haces, bárbaro?
FELIPE: Romper,
    por ir torcido, este lazo.
CARLOS: Afrenta es, no castigar
un loco tan descompuesto.

Echa mano CARLOS, y riñe con don FELIPE con el azadón

LUCRECIA: Tirso, Carlos, ¿qué es aquesto?
FELIPE: Esto es, mudable, escardar.
CARLOS: Y esto hacer que un descortés
    no lo sea.
FELIPE: Cortesano,
    ¿a Lucrecia dais la mano?
Pues no os me habéis de ir a pies.

Vanse peleando

LUCRECIA: Gente, pastores, crïados,
que matan mi jardinero,
mirad que sin él no espero
dar sosiego a mis cuidados.
    (¡Oh celos! Confuso abismo   **Aparte**
como el que os tiene no alcanza,
que en vez de tomar venganza

la experimenta en sí mismo.)

FELIPE: Yo, Lucrecia, soy de España,
mi noble patria es Valencia,
que, ni sufre competencia
ni perdona a quien la engaña.
    La guerra es mi profesión,
toda cólera y venganza;
si agravios causan mudanza,
juzgad los vuestros qué son;
    que yo, español mal sufrido
y vengador valenciano,
que enajenar una mano
he visto, de quien he sido
    dueño; si a vuestra promesa
es bien que crédito dé,
no es justo que tenga fe
en mano que otro hombre besa.
    Si a Alejandra se la di,
fue porque quiso, curiosa,
como mujer maliciosa,
hacer experiencia en mí
    del oficio que grosero
he, por vos, ejercitado,
o, saber si disfrazado
era Tirso jardinero.
    Injurias del azadón
buscaba Alejandra en ella.
Quien disculpas atropella
y no oye satisfacción,
    achaques busca, sin duda,
con que excusar su mudanza.
Hallólos vuestra venganza.
No es Amor el que se muda.
    Gozad a Carlos, que es justo
mientras que me ausento yo,
que, si en la mano cifró

prendas, Amor de su gusto;
   y en ella la posesión
le dió vuestra libertad,
alegará antigüedad,
y, guardársela es razón.
   Dama tengo yo en Valencia
con que despicar enojos,
menos crédula en sus ojos,
y más constante en mi ausencia.
   En *La Arcadia* que leístes,
aunque hay celos cortesanos,
no hallastes venganza en manos,
ni mudanzas aprendistes;
   y quien estilos no guarda
de amores que imitar quiso,
no es bien los logre en Anfriso,
pues no ha sido Belisarda.
   Ella es firme y fácil vos;
pero contra tales daños
templos hay de desengaños
donde sane Anfriso. ¡Adiós!

Vase FELIPE

LUCRECIA: Felipe, mi bien, aguarda,
cesen venganzas violentas;
si, como Anfriso, te ausentas,
moriráse Belisarda.
   Yo me cortaré la mano,
ocasión de tus enojos;
yo me sacaré los ojos
que dieron crédito vano
   a culpas que no hay en ti.
Árboles, ¿no le estorbáis?
Arroyo, ¿no le atajáis?
¡Fuése, cielos! ay de mí!
   Pastoriles sutilezas,
si me enseñastes a amar
ya me podéis enseñar

soledades y tristezas.
  Arcadia, dedidme vos
con qué paciencia y aviso
llevará ausencias de Anfriso
Belisarda; y si los dos
  distantes tuvieron seso
para sufrir soledades
que en remisas voluntades
corduras solas confieso.
  Celos le volvieron loco
a Anfriso, y pues no perdió
ella el seso, muestra dio
que amaba a su pastor poco.
  Mas vale en que yo le pierda
y en fe de que sé querer,
con Anfriso loca ser
que con Belisarda cuerda.
  ¡Flores, que ya espinas piso!
¡Fuentes a quien llanto doy!
¡Confesad que loca estoy
o restauradme a mi Anfriso!

Salen CARLOS, ROGERIO, CONRADO, HORTENSIO,
ALEJANDRA y ÁNGELA

CARLOS: ¿Hay más furioso villano?
ROGERIO: Muérte os da, a no defenderos.
CARLOS: Si la vida he de deberos
      buscadle, que será en vano
        mientras no me vengo de él
      hacer de mi vida caso.
LUCRECIA: ¡Zarzas, atajadle el paso!
        ¡arroyos, corred tras él!
ALEJANDRA: Prima.
HORTENSIO: Alejandra.
CARLOS: Señora.
LUCRECIA: Belisarda soy, pastores.
        Mi Anfriso ausentan traidores
        ¿qué hará sin él quien lo adora?
CONRADO: ¿Qué novedades son éstas?
ÁNGELA: Loca la condesa está.

LUCRECIA: Viviréis contentos ya;
          haréis en Arcadia fiestas,
            pastores del Erimanto,
          que Anfriso se fue al Liseo.
          Cumplió a la envidia el deseo
          vuestro rigor y mi llanto.
            Industrias de Galafrón
          y celos de Lerïano,
          mi Anfriso ausentan en vano
          pues le guarda el corazón.
HORTENSIO: ¿Qué Arcadia, qué Galafrones
          son éstos?
ÁNGELA: Bien dijo yo
          desde que Lucrecia dio
          en leer prosas y canciones
            de esta *Arcadia*--¡Oh, maldición!--
          que el seso había de perder.
LUCRECIA: Ausencias, no han de poder,
          malicioso Galafrón,
            causar en mi amor olvido.
          Bronce soy, columna, roca.
ROGERIO: ¡Vive el cielo que está loca!
CARLOS: Quemad los libros que han sido
          ocasión de este accidente.
LUCRECIA: ¿Por una mano que di,
          pastor, me dejas así?
HORTENSIO: Tenedla.
LUCRECIA: Mi Anfriso ausente,
          no quiero gusto, ni vida.
CARLOS: ¡Oh! Maldiga el cielo, amén
          la *Arcadia* y libros también
          que engañan gente perdida.
ALEJANDRA: Prima mía, vuelve en ti.
LUCRECIA: ¿Cómo, si soy Belisarda?
            ¿Y tú, cautelosa Anarda,
          me usurpas Arifriso así?
ALEJANDRA: ¿Yo Anarda, prima? ¿Qué es esto?
LUCRECIA: Tú, cavilosa pastora
          siendo a mi amistad traidora
          en este estado me has puesto.

ÁNGELA: Alto, ella ha dado en glosar
      La Arcadia de Lope toda.
HORTENSIO: Sobrina.
LUCRECIA: Mal se acomoda
      quien no tiene gusto a amar,
        caduco padre, a Salicio.
HORTENSIO: ¿Quién es tu padre? ¿Qué aguardo?
LUCRECIA: Mi padre eres, Clorinardo.
HORTENSIO: Rematósele el jüicio.
CARLOS: ¡Condesa, señora mía!
LUCRECIA: Pues tu Olimpo me consuelas
        cuando sé de tus cautelas
        lo que intenta tu porfía.
CARLOS: A todos nos pones nombres.
        Basta, que Olimpo me llama.
LUCRECIA: El engaño al noble infama.
        ¿Qué importa, traidor, que asombres,
          mi pastor con tus quimeras,
        si al fin vence la verdad?
        Yo le tengo voluntad.
CARLOS: ¡Alto! ¡Aquesto va de veras!
CONRADO: ¿Hay desgracia semejante?

A CONRADO

LUCRECIA: Menalca, si a Isbel adoras,
          premias gustos, celos lloras,
        en *La Arcadia,* firme amante
          llora mis penas también.
HORTENSIO: Menalca llama a Conrado.
LUCRECIA: A mi Anfriso ha desterrado
        la envidia, no mi desdén.
          ¡Llanto será vuestra risa,
        prados, mi pastor ausente!
        Si tu amistad mi mal siente
        consuélame tú, Leonisa.
ÁNGELA: También a mí me ha cabido
        mi título pastoril.

LUCRECIA: Huye del engaño vil
de aquese Olimpo atrevido
  que con cautelas aguarda
vengarse, mas no podrá,
que firme celebrará
La Arcadia a su Belisardo.

Vase LUCRECIA

ÁNGELA: Miren aquí qué provecho
causan libros semejantes;
después de muerto Cervantes
la tercera parte ha hecho
  de *Don Quijote*. ¡Oh, civiles
pasatiempos de estos días!
¡Libros de caballerías
y quimeras pastoriles,
  causan estas pesadumbres,
y, asentando escuela el vicio,
o destruyen el jüicio
o corrompen las costumbres!
ALEJANDRA: (Tirso es, sin duda, el Anfriso   **Aparte**
que alegoriza Lucrecia.
Si huyendo la menosprecia,
y dar muerte a Carlos quiso,
  contra disfraces villanos
indicios son de sabello,
la curiosidad del cuello
y blandura de las manos.)
ROGERIO: ¿Hay desdicha más extraña?
HORTENSIO: ¿Que un libro causa haya sido
de que el seso haya perdido?
CARLOS: Bastaba ser él de España.
HORTENSIO: Vamos a poner remedio,
si le hay, para tanto daño.
CARLOS: ¡Ay! ¡Quién con algún engaño
hallara, Conrado, medio
  para poder persuadirla
que era yo su Anfriso amado!

CONRADO: En notable tema ha dado.
ROGERIO: Si no viene a reducirla
          el tiempo y cura, tan loco
          tengo de vivir como ella.
CARLOS: En adoralia y querella
          yo lo estoy, o falta poco.
CONRADO: ¿No buscamos el pastor
          que contra vos se ha atrevido?
CARLOS: Por el mayor mal olvido
          mi agravio, pues es menor.
               Esta *Arcadia* he de leer
          para saber qué pastores
          dan motivo a sus amores.
ROGERIO: Olimpo venís a ser.
CONRADO: Menalca a mí me llamó.
HORTENSIO: Clorinardo a mí.
ALEJANDRA: A mí Anarda.
ÁNGELA: Leonisa soy, Belisarda
          ella y Erimanto el Po.
               Miren, cuan desvanecidas
          la tienen estas quimeras.
CARLOS: Basta, que el Po y sus riberas
          son ya la Arcadia fingida.

*Vanse todos. Salen don FELIPE, de galán, y
PINZÓN, criado suyo*

PINZÓN: Con seis meses de ausencia
          a las lenguas del vulgo das licencia.
          Quién dice que, cansado
          de Milán, y el blasón de ser soldado,
          a España te volviste
          descortés, pues que no te despediste,
          del duque valeroso
          ni de tu general, que generoso
          capitán de caballos
          te hizo, y no supiste gobernallos.
          Quien dice que te han muerto
          por algún licencioso desconcierto,

que a bisoños de España,
en Italia las más veces engaña
pensar que son señores
ya en casos de intereses, ya de amores.
Mira tú lo que haría
Pinzón que te aguardaba de día en día,
oyendo tantas cosas,
y las más, en tu agravio, poco honrosas.
FELIPE: Ya Pinzón te he contado
de mis amores el confuso estado.
PINZÓN: Medrado caballero,
de capitán, amante jardinero,
no esperaba otro fruto
si de Lucrecia fue marido bruto,
que se interpreta bestia,
sitio tal galardón por tal molestia.
Ya que en tales quimeras
flores plantabas ¿no nos escribieras?
FELIPE: Importaba el secreto,
que es la condesa dama de respeto.
PINZÓN: Pero no de alabanza,
pues pagó tus servicios con mudanza.
FELIPE: No tratemos en eso
si de celos no quieres pierda el seso.
Ya que a Milán he vuelto
de la prisión tirana de Amor suelto,
al gran duque de Feria
los pies quiero besar.
PINZÓN: ¿Y en qué materia
fundarás la disculpa
de la prolija ausencia que te culpa?
FELIPE: Diré que hice promesa
de ir a Roma.
PINZÓN: Muy tibia excusa es esa,
pues no se lo dijiste,
ni de tu general te despediste.
FELIPE: No faltarán colores
que me disculpara.
PINZÓN: Búscalos mejores,
y seas bien venido

si hijo pródigo, a casa reducido.

Sale don PEDRO, de camino

PEDRO: ¿Si hallaré al duque en Milán?
          que no es digno este suceso
          de ignorarse.
FELIPE: ¿Qué es eso?
          ¿Qué fue?
PEDRO: ¡Oh, señor capitán!
          huelgo de hallaros aquí.
FELIPE: Don Pedro, ¿qué ha sucedido?
PEDRO: Una desgracia, que ha sido
          la más nueva para mí,
            de cuantas hasta hoy he visto.
          De Valencia del Po vengo,
          que en fe del cargo que tengo
          siempre en su presidio asisto.
            Ya conocéis su condesa.
FELIPE: Fénix es de la hermosura.
PEDRO: Escuchad, pues, su locura,
          si de su desgracia os pesa.
FELIPE: ¿Loca la condesa está?
PEDRO: El trato y la inclinación
          con que honra a nuestra nación
          este mal pago la da.
            Dio en aprender de manera
          nuestra lengua castellana;
          que por dama toledana
          su idioma enseñar pudiera.
            Aficionóse después
          a los libros con que España
          en cualquier nación extraña
          blasón de las musas es.
            Préciense de su elocuencia
          Petrarcas, Bocaccios, Dantes,
          y otros héroes semejantes,
          ya en Italia, ya en Florencia,
            que en ella los más discretos

nos vendrán a confesar
que Italia toda es hablar
y España toda es conceptos.
     Dejóse llevar, de modo,
de esta inclinación, que al fin
retirándose a un jardín
ocupaba el tiempo todo
     en los libros que escribió
el Apolo de Madrid.
FELIPE: ¡Ése es Lope!
PEDRO: Y, advertid
que entre todos escogió.
     La Arcadia, en cuyos pastores
prados, fuentes, transformada
de día y noche elevada
celebraba sus amores,
     recreándose en su historia
aunque fabulosa, bella,
tanto, que no hay verso en ella
que no sepa de memoria.
     Paró aquesta ocupación
en salir hoy de improviso
diciendo que adora a Anfriso
y que aquellas selvas son,
     riberas del Erimanto
de la Arcadia sus montañas,
sus quintas, pobres cabañas,
sus edificios encanto;
     las damas que están con ella
Amarilis y Leonisas,
Isbelias, Celias, Florisas,
los caballeros que a vella
     van, han de ser Galafrones,
Celsos, Menalcas, Gasenos,
Olimpos, Danteos, Mirenos,
Frondosos y Coridones.
     Afirma que es Belisarda,
y que a su Anfriso destierra
la envidia que le hace guerra,
de quien, con su ausencia aguarda

dar a sus penas consuelo;
trueca galas cortesanas
por las sayas aldeanas
cofia, brïal y sayuelo;
   escribe en troncos diversos
por las márgenes del Po
lo que en *La Arcadia* leyó;
canta llorando sus versos;
   y si quieren apartarla
de este tema, no hay sufrirla,
de modo que, han de seguirla
los que intentan sosegarla.
   Hasta aqueste extremo llega
si es fuerte una aprensión,
y de esta eficacia son
versos de Lope de Vega.
   Sus amantes y parientes
de este caso lastimados
juntan los más afamados
médicos si en accidentes
   de tan extraña locura
basta medicina humana,
porque el loco tarde sana
y el amor no tiene cura.
   Lucrecia está, al fin, sin seso.
Sentid las nuevas que os doy
y adiós, que a contarle voy
al duque, aqueste suceso.

Vase don PEDRO

FELIPE: Yo soy la causa, Pinzón
de que Lucrecia esté loca;
mi ausencia es quien la provoca.
Bastante satisfacción
   tengo, de que mis recelos
fueron sin causa fundados.
¡Maldiga Dios los cuidados
que dan aparentes celos!

49/92

        Yo la adoro, yo he de ser
        la salud de su locura
        hechizo de su hermosura.
        A Valencia he de volver;
            sígueme, y no me aconsejes.
PINZÓN: ¿Agora sales con eso?
        Más perdido está tu seso
        que el suyo; amantes y herejes
            sois de una especie, si dais
        en defender un error.
FELIPE: Todo este mal es amor.
PINZÓN: Locos, pues, todos estáis.
            Si a Carlos has ofendido
        y otra vez allí te ven,
            ¿piensas que has de librar bien?
FELIPE: Jardinero fuí fingido.
            ¿Médicos buscan agora?
        con su disfraz me aseguro.
PINZÓN: La vida por tí aventuro.
        Presencia tengo dotora;
            vamos, y veras que Grecia
        me transforma en Esculapio.
FELIPE: ¡Ay mi loca!
PINZÓN: Berros y apio
        han de sanar a Lucrecia.

    Vanse los dos. Salen ALEJANDRA, HORTENSIO,
        ÁNGELA, CARLOS, CONRADO Y ROGERIO
ALEJANDRA: ¡Lastimosa desgracia!
CARLOS: Si le dura
        a Lucrecia este mal, yo que la adoro,
        imitación seré de su locura.
ÁNGELA: Sus años verdes malogrados lloro.
CONRADO: ¡Que a tanta discreción, tanta hermosura,
        un loco frenesí pierda el decoro!
HORTENSIO: Ya ha castigado justamente el fuego
        los libros, confusión de su sosiego.
            Quiétase si, siguiendo el desatino
        de sus locuras, digo que es serrana,
        que su Anfriso la adora, y si convino

hacer ausencia, volverá mañana.
Mas, si quiero meterla por camino,
de nuevo se enfurece.
ROGERIO: ¡Qué tirana
pasión de su engañada fantasía!
CONRADO: ¡Ay prenda malograda!
CARLOS: ¡Ay loca mía!
HORTENSIO: Si la llamo condesa, me desmiente
diciendo que no es más que una pastora;
si la encierro, llamándome inclemente
voces furiosas da, suspira y llora;
padre me nombra, y dice que aunque intente
privarla en la prisión de quien adora,
no han de bastar violencia, ni artificio
a que, a Anfriso olvidando, ame a Salicio.
    Porque se quiete, en fin, libre la dejo;
Belisarda la llamo, y que soy digo
su padre Clorinardo.
CARLOS: Ese consejo,
por eficaz, para su gusto, sigo.
ALEJANDRA: (Fue de su amor, Felipe, claro espejo; **Aparte**
quebrósele el ausencia; yo me obligo
a sanarla si vuelve el jardinero.)
HORTENSIO: Médicos, Carlos, de Bolonia espero.
CONRADO: ¿Qué medicina puede haber bastante
que del entendimiento cure engaños,
en siglo que el más sabio es ignorante,
y aquél se estima más que hace más daños?
CARLOS: ¿Loca Lucrecia, cielo, y yo su amante?
¿Tan triste empleo de tan verdes años?

HORTENSIO: Ella sale; escuchadla. Nadie niegue
que es pastora si intenta que sosiegue.

Sale LUCRECIA de pastora bizarra

LUCRECIA: Asperos montes de Arcadia
que estáis mirando soberbios
en mi llanto y vuestras aguas

mi desdicha y vuestro extremo;
fresnos en cuyas cortezas,
papel de mis pensamientos,
escribió el alma verdades
contra inclemencias del tiempo;
robles, si firmes, villanos,
imitación de los pechos,
constantes en perseguirme,
villanos en sus deseos;
murtas verdes y floridas,
que hubiérades dado ejemplo
a mis esperanzas locas
a no secarlas recelos;
jazmines, que a mis venturas
imitáis en los contentos,
pues se quedaron en blanco
y en flor se desvanecieron;
mosquetas, que tantas veces
trébol y rosa os tejieron
guirnaldas para un ingrato,
flores antes, ya veneno;
¡qué de noches gozó el alma
castos entretenimientos
que encubrió el temor al día,
revelador de secretos!
¡Qué de veces el aurora
vio, dando quejas al sueño,
porque usurpaban tiranos
su jurisdicción, desvelos!
¡Qué de fingidas promesas!
¡Qué de vanos juramentos!
¡Si temprano me engañaron
tarde, o nunca, se cumplieron!
¡Aquí, soledades mías,
leí papeles, que tiernos
por ser letras se borraron,
por ser papel se rompieron!
¡Palabras en papel dadas
libran sus obras al viento;
que, en la desdicha, los gustos

se quedan siempre en deseos!
¡Montes, fresnos, robles,
murtas, jazmines, mosquetas,
trébol, noche, aurora, día,
tarde, papeles, obras, deseos!...
¡Todos me habéis, por adoraros, muerto!
¡Tarde os conozco; cuando el daño es cierto!
HORTENSIO: No es bien, hija Belisarda,
martirizar tu sosiego
con memorias lastimosas
que han de aliviarse tan presto.
A la Arcadia vuelve Anfriso,
y desde el monte Liseo
te escribe amorosas cartas,
que, como tu padre, he abierto.
Tú eres, Belisarda mía,
de aquestas canas espejo,
¿si le eclipsas con pesares
qué harán mis años postreros?
Vuelve a alegrar los pastores,
que en tu discreción tuvieron
conversaciones honestas
y lícitos pasatiempos;
háblalos.
LUCRECIA: ¡Oh Galafrón,
Menalaca, Olimpo, Enareto,
Anarda, Leonisa mía!
¡Nunca el triste da contentos!
triste estoy, no puedo darlos;
perdonad mis sentimientos
Y asentaos, pues mis desdichas
me atormentan tan de asiento.

Asiéntanse todos

CONRADO: ¿Hay lástima semejante?
CARLOS: Tal estoy, que tengo celos
de este Anfriso, aunque fingido.
ROGERIO: Yo lloro sus desconciertos.

CRIADO: Un médico, que de España
             pasa a Roma, y en sabiendo
             la enfermedad de Lucrecia,
             prometió darla remedio,
             desea verla.
HORTENSIO: Dile que entre;

             que con españoles tengo
             en las letras tanta fe
             como en las armas sabemos.

PINZÓN: Beso a vuestras viserías
             las manos.

FELIPE: Pinzón, yo temo,
             si cual sueles bufonizas,
             que has de echarme A perder.
PINZÓN: Quedo.
HORTENSIO: Dios guarde al señor doctor.
PINZÓN: Sí guardará, que en efecto
             cada cual su hacienda guarda.
             Huélgame mucho de verlos
             sentados entre las flores
             aunque si fuera en invierno
             disenteria amenazaban

las humedades del suelo,
porque *in meribus erratis*
desde septiembre a febrero,
y aún a marzo, según otros,
in lapidibus no es bueno
el asentarse, aforismo
de Dioscórides expreso,
conforme escribe Laguna,
confirmándolo Galeno,
y la experiencia lo dice
porque yo curé un divieso
que le nació a cierta moza
por sentarse en unos berros.

FELIPE: (¿Estás borracho, Pinzón?)   **Aparte**
PINZÓN: Las flores siempre tuvieron
sobre la melancolía
jurisdicción; dice aquesto
Hipócrates.
CARLOS: Buen humor
tiene el médico.
PINZÓN: Si al texto
de Avicena damos fe,
que fue el Esculapio nuestro,
dice, "*Capite, de partibus
medicorum,*" que el que es bueno
para hacer mejor su oficio
ha de ser jovial, discreto,
curioso en talle y vestido
para que alegre al enfermo,
y encajar de cuando en cuando
dos aforismos y cuento.
Por esto libran agora
en guantes y terciopelos,
los médicos de este siglo,
las ciencias que nunca oyeron.
Yo, que soy algo burlón,
y las circunstancias tengo
de gorgorán, mula y guantes
que al doctor hacen perfecto,
sabiendo hoy en la posada

la alteración de cerebro
que padece la condesa,
aunque a ser médico vengo
de su santidad, no quise
pasar de aquí, si primero
dando a la enferma salud,
no celebraba mi ingenio.
Díganme vusiñorías
quién es la paciente.

Aparte a PINZÓN

FELIPE: Necio.
        ¿Quieres mirar lo que dices?
PINZÓN: En el Nuncio de Toledo
        y Hospital de Zaragoza
        dirán la fama que tengo,
        y los locos que a mi cura
        deben la salud y el seso.
LUCRECIA: Si para males de ausencia
        habéis hallado remedio,
        yo, doctor, la enferma soy.
PINZÓN: Venga el pulso.

Tómasele y dícele al oído

        Mensajero
        soy de Anfriso, que me envía,
        hermosa pastora, a veros,
        que está por vos rematado
        y anda el seso en bamboleos,
        y porque teme la envidia
        de sus contrarios soberbios,
        en figura de doctor,
        ya que no de albeitar, vengo
        a visitaros.
LUCRECIA: ¿Qué dices?
PINZÓN: Disimulación, silencio.

Alto

Cuerpo de Dios, con la cura
está su pulso algo trémulo,
desigual, intercadente,
y pesado; mas yo espero
darla sana antes de un mes.
CARLOS: Yo os daré de oro su peso
si esa promesa cumplís.
PINZÓN: Ojalá fuera un jumento
para que pesara más,
y yo quedara contento.
Llegue acá, señor pasante;
tiente aqueste pulso.
LUCRECIA: ¡Ay cielos!

Tómala el pulso don FELIPE

¡Qué miro!

A LUCRECIA

FELIPE: Felipe soy;
que corrido, mi bien, vuelvo,
porque tu mal ocasiono.
PINZÓN: ¿Qué le parece?
FELIPE: Que temo
circunstancias peligiosas.

Señala a los que están allí

Que contra su salud siento
poderosos accidentes.
PINZÓN: Siempre es ignorante el miedo.
Bien parece, licenciado,

que estáis en los rudimentos.
LUCRECIA: (¡Ay mi bien!)   **Aparte**
FELIPE: (¡Ay, loca mía!)   **Aparte**
PINZÓN: Este frenesí molesto
procede del *alrabilis*,
quiero decir, de humor negro,
mezclado con *la pituita*,
y causado, a lo que entiendo,
de leer libros profanos.
HORTENSIO: Acertó.
PINZÓN: Y como que acierto,
para principio de cura
se le haga un cocimiento
de nabos y escaramujos,
mirabolanos y puerros;
dos onzas de polipodio,
cuatro manojos de espliego,
un ojo de un gato zurdo,
y media azumbre de suero;
cuézanse las cuatro partes,
y aplíquenle un clistel luego
por preservar *almorroides*,
coma perdigones nuevos,
pavillas de a nueve meses
y beberá vino añejo
que *laetificat cor hominis*,
cene pichones y huevos.
Y porque me ha informado
que estos males procedieron
de leer libros pastoriles,
y a los que no tienen seso
contradecirles sus temas
es de nuevo enfurecerlos,
texto *non est irritandum*,
y otros que de industria dejo
fínjanse todos pastores
las metáforas siguiendo
de los libros que ha leído;
hagan bailes, canten versos,
y si los hay en sus libros,

inventen encantamientos
que, siguiéndola el humor
y divertida con esto
la medicina entretanto
podrá lograr sus efectos.
HORTENSIO: Este hombre es ángel sin duda
que nos ha enviado el cielo
para bien de mi sobrina.
CARLOS: Su parecer sabio apruebo.
PINZÓN: En pasiones de esta especie
según aforismos nuestros,
curándose poco a poco
sequere humoren debemos.

Hablan aparte don FELIPE y LUCRECIA

FELIPE: Mi bien, para que podamos
hablamos más en secreto,
¿qué te parece esta inclustria?
LUCRECIA: Que la trazan mis deseos;
así aseguras peligros
de pretendientes molestos
entre tanto que ocasiona
nuestro desposorio el cielo.
PINZÓN: ¿Qué renta come Lucrecia?
HORTENSIO: Treinta mil escudos.
PINZÓN: Bueno,
a su costa se ha de hacer
este pastoril enredo.
¿No les parece?
CONRADO: Es la traza
digna de su entendimiento,
fénix de la medicina.
PINZÓN: Los que sus amantes fueron
finjan nombres de pastores,
sírvanla y hagan extremos;
que el que la agradare más,
después de vuelta en su cuerdo,
hallará en su voluntad

                mejor lugar.
ROGERIO: Eso es cierto.
CARLOS: Olimpo soy.
CONRADO: Yo Menalca.
ROGERIO: No es mal nombre el de Enareto.
ÁNGELA: ¿Dónde aprendiste, doctor,
                modo de curar tan nuevo?
                ¿Sois portugués, o andaluz?
PINZÓN: Yo soy de nación gallego;
                mi natural Rivadavia,
                el doctor Parra mi abuelo,
                gran médico de infusiones,
                mi padre el doctor Sarmiento;
                yo, que de razón debiera
                llamarme conforme aquesto
                también el doctor Racimo,
                porque no lo consintieron
                las aguas de aquel otoño
                que las viñas corrompieron,
                vine a llamarme en Castilla...
ÁNGELA: ¿Cómo?
PINZÓN: El doctor Alaejos.
ÁNGELA: Todos son nombres vinosos.
PINZÓN: Graduáronme por ellos,
                que dan borlas amarillas.
                Pero, las gracias dejemos,
                y mis recetas se pongan
                en orden.
LUCRECIA: Padre, yo tengo
                de ver las cartas que Anfriso
                me escribe, gusto y deseo.
HORTENSIO: Vamos, pues, mi Belisarda.
CARLOS: Alto, galanes, y a ello
                y vuélvanse nuestros montes
                los de Arcadia.
ALEJANDRA: (¿Qué embelecos   **Aparte**
                son éstos sospechas mías?)

                        A don FELIPE

PINZÓN: ¿Qué te parece mi ingenio?
FELIPE: Loco, pero provechoso.
ALEJANDRA: No se ha de partir tan presto
          a Roma el señor doctor.
PINZÓN: ¡Jesús! Sanará primero
          la condesa y dejará
          fama al doctor Alaejos.

FIN DE LA SEGUNDA JORNADA

JORNADA TERCERA

Salen PINZÓN de médico y don FELIPE,
de pastor bizarro

PINZÓN: Famosa va la maraña
de nuestra Arcadia fingida.
FELIPE: Por inaudita y extraña
no sé si ha de ser creída,
cuando volvamos a España.
 Lucrecia, loca hasta aquí
y ya cuerda, hace por mí
los gastos que ves y extremos.
PINZÓN: A costa suya podremos
entretenernos así.
 Que, pues cuenta al duque has dado,
y al famoso Pimentel
de este amor enmarañado,
yo fío que salgas de él
victorioso y desposado.
FELIPE: Espérolo del favor
que me hace su excelencia.
PINZÓN: ¿Y qué dices del doctor
Alaejos? ¿Poca ciencia
y mucho hablar?
FELIPE: De tu humor
todo próspero suceso
pienso, Pinzón, conseguir;
no obstante que te confieso
que, según me haces reír,
cuando por curar el seso
 que Lucrecia haya adquirido
tanto aforismo acuimulas
recelo ser conocido.
PINZÓN: Guantes, latines y mulas
autorizar han podido

        toda doctora ignorancia,
        y al médico más ruín
        dan opinión y ganancia,
        aforismos que en latín
        se llaman pueblos en Francia.
            Por lo menos, hasta agora,
        el más bachiller me precia
        por un Galeno.
FELIPE: Mejora
        fingidamente Lucrecia,
        y quien la ocasión ignora
            se la atribuye al doctor.
PINZÓN: En Salamanca estudié
        dos años, pero mi humor,
        que siempre travieso fue,
        tuvo a Marte por mejor,
            siendo en Italia soldado
        que a Esculapio, dios con flema.
        En efecto, yo he mandado
        que sigan todos el tema
        en que nuestra loca ha dado
            mientras sana poco a poco;
        y con este fundamento
        a sus amantes provoco;
        que, en fín, si un loco hace ciento,
        ¿cuántos hará un doctor loco?
FELIPE: No ha quedado pretendiente,
        amante competidor
        que por tu industria no intente
        ya vaquero, ya pastor,
        disfrazarse.
PINZÓN: Es excelente
            mi ingenio.
FELIPE: La primavera
        a fiestas ocasionada,
        la juventud novelera,
        esta quinta celebrada,
        estas selvas y ribera,
            Todo se junta al deseo
        de ver mi Condesa sana.

PINZÓN: Y yo que soy el Teseo
             de aquesta Creta, aldeana,
             por uno y otro rodeo
                conde te pienso sacar.
             Finge ser Anfriso agora
             que acabaste de llegar
             celoso de tu pastora,
             y déjame enmarañar
                de suerte, aquestas quimeras;
             mientras de todos te burlas,
             Anfriso, de estas riberas
             que lo que tienen por burlas
             lloren los demás de veras.
                Y paso, que están ya aquí
             los fingidos ganaderos.
FELIPE: Bravas telas y tabí.
PINZÓN: Gastan como caballeros
             fuera de que no leí
                en *La Arcadia,* de zagal
             que no trajese el zurrón
             de perlas, de oro y cristal
             el cayado, y no es razón
             que aquí se vista sayal
                quien imita sus amores.
FELIPE: Impropiamente pintó
             su traje, Lope.
PINZÓN: No ignores
             que en *La Arcadia* disfrazó
             metafóricos pastores
                Lope, y que si apacentaban
             los ganados que regían,
             vistiendo telas mostraban
             así, el valor que encubrían
             más que el que representaban.

Salen por una puerta bizarramente vestidos de pas-
tores, CONRADO, CARLOS, ROGERIO y HORTENSIO; por otra
con
ÁNGELA, LUCRECIA y ALEJANDRA, de pastoras, con cantarillas
coronadas de albaca y claveles; todos salen

cantando

ELLAS: *Trébole--¡ay Jesús!--como huele el Arcadia.*
          Trébole--¡ay Jesús!--qué olor.
ELLOS: *Trébole--¡ay Jesús!-- dónde está Belisarda.*
          Trébole--¡ay Jesús!--qué amor.
ELLAS: *El Arcadia todo es flores.*
ELLOS: *Belisarda es toda amores.*
ELLAS: *Aquí cantan ruiseñores.*
ELLOS: *Aquí penan los pastores.*
ELLAS: *Aquí corre el Erimanto.*
ELLOS: *Aquí amores, risa y llanto.*
ELLAS: *Aquí hay gloria.*
ELLOS: *Aquí hay dolor.*
ELLAS: *Trébole--¡ay Jesús!--como huele el Arcadia.*
          Trébole--¡ay Jesús!--qué olor.
ELLOS: *Trébole--¡ay Jesús!-- dónde está Belisarda.*
          Trébole--¡ay Jesús!-- qué amor.

FELIPE: Si venís, bella pastora,
          después de ausencia tan larga
          con el agua que os encarga
          la que por vos mi alma llora,
          viértala el contento agora
          que os merece ver presente;
          que a fe, si advertís la fuente
          de donde amorosa brota,
          que os abrase cada gota
          pues aunque agua es agua ardiente.
          Coronad la cantarilla
          de claveles y albahaca,
          que si el aurora la saca,
          yendo el sol a recebilla,
          vos, milagro y maravilla
          de la fuente, el prado y flor,
          caniculares de amor
          causáis a quien celos tiene,
          pues sol que con agua viene
          abrasa con más rigor.

LUCRECIA: Ya que en nuestro valle os veo,
          gallardo Anfriso, a la risa
          que el prado y la fuente avisa
          imitará mi deseo,
          mientras al monte Liseo
          nuevas flores viéndoos distes,
          y del Menalco estuvistes
          ausente, no os cause espanto
          que crezcan el Erimanto
          nuestros ojos sin vos tristes.
              Pagó la esperanza en flores
          el agua que las cultiva;
          que imita a la siempreviva
          en los constantes amores;
          ya que os ven nuestros pastores
          y vuestra vista destierra
          el llanto de nuestra sierra,
          trofeos a esta agua den,
          si en la paz parecen bien
          los despojos de la guerra.

Hablan aparte CARLOS y CONRADO

CARLOS: Muy de veras y a lo amante
          Conrado, habla este pastor.
CONRADO: Traza es toda del doctor
          y este Anfriso es su pasante.
          ¿Que sospecha hay que te espante
          si así entretiene desvelos
          de Lucrecia?
CARLOS: Mis recelos
          me dicen, aunque te burlas
          que los celos; ni aun de burlas,
          Conrado, que al fin son celos.
CONRADO: Déjate de esto y llevemos
          adelante esta maraña.

Alto

Ya que os ve nuestra montaña
Anfriso, volver podremos
a los festivos extremos
que, sin vos, se han suspendido.
CARLOS: Seáis, pastor, bien venido.
ROGERIO: Albricias al monte ha dado
porque os ve nuestro ganado
en vuestra ausencia perdido.
ÁNGELA: Si los pastores os dan
parabienes, las pastoras,
que os esperaban por horas,
gallardo Anfriso, ¿qué harán?
HORTENSIO: Las canas también están
alegres, en ver que os goza
nuestra Arcadia y se alboroza
la más larga senectud;
porque entre la juventud
el más viejo se remoza.
FELIPE: ¡Oh mayoral, Clorinardo,
Leonisa, Anarda, Enareto,
Menalca, amigo discreto,
Olimpo, rico y gallardo,
si siempre que vengo aguardo
gratulaciones solenes;
como éstas, por tales bienes
justo es sufra ausencias tales;
porque interesen mis males
tan festivos parabienes.
PINZÓN: Bueno está de cumplimientos;
mientras la siesta se pasa
del calor que el campo abrasa
reprimid atrevimientos.
FELIPE: Esta sombra nos da asientos.

Siéntanse

Divirtámonos un rato,
contra el sol, de Amor retrato,

pues si uno quema otro es fuego.

LUCRECIA: ¿De qué suerte?

PINZÓN: Armad un juego
de que me saquéis barato.

HORTENSIO: El mejor será que agora
le dé una prenda en favor
de juego, sino de Amor,
a cada uno una pastora,
y él en fe de que la adora
la celebre de repente
en verso.

CARLOS: ¡Traza excelente!

ALEJANDRA: ¡Vaya!

ÁNGELA: No quede por mí,
que en *La Arcadia* se hizo así
aunque a intento diferente.

LUCRECIA: Este mondadientes doy
a Anfriso.

ALEJANDRA: Yo quiero dar
a Menalca este cuchar
de enebro.

CONRADO: Premiado estoy.

ÁNGELA: Yo en fe de que presa soy
le doy en estos zarcillos
a Enareto, estos dos grillos.

LUCRECIA: Yo a Olimpo esta cinta negra.

CARLOS: Puesto que triste, me alegra.

ÁNGELA: ¿Sabéis versos?

PINZÓN: Sé escandillos.

ÁNGELA: Esta calabaza de oro
os doy, pues, señor doctor.

PINZÓN: Si no hay vino no hay amor,
sois fisgona y no lo ignoro.
Alaejos, Coca y Toro,
me den versos de improviso.

CARLOS: Tan poco Apolo me quiso
que no sé si he de saber
coplas de provecho hacer.

FELIPE: ¿Quién comienza?

LUCRECIA: Vos, Anfriso.

Al mondadientes

FELIPE: Prenda me han dado que a perder provoca
el seso. ¡Venturoso quien la alcanza!
pues si enloquece una desconfianza
tal vez vuelve el contento un alma loca.

Favor que entre claveles labios toca
de Belisarda no tema mudanza
pues para que sustente mi esperanza
diré que se lo quita de la boca.

Haga flecha de vos el amor ciego;
báculo sed en que mi dicha estribe;
cetro en mis celos, id a reducillos.

Leña de Amor con que aticéis su fuego
y apoyo en su edificio; que Amor vive,
como es rapaz, en casas de palillos.

Al cuchar

CONRADO: Vivid ya satisfechos,
recelos, de un rigor
que al niño, dios de amor,
le quitan hoy los pechos.
En fe de los provechos
que Anarda le ha de dar
le quiere alimentar;
que es rica, y no parece,
pues la cuchar ofrece,
que negará el manjar.

A los grillos

ROGERIO: ¿Cómo os dirán sus pasiones,
Leonisa hermosa, mis quejas,
si adornan vuestras orejas

grillos que al fin son prisiones?
Desdenes y sinrazones
halla mi amor por despojos,
mas, cuando por darle enojos
aprisionéis los sentidos
huyendo de los oídos,
él se entrará por los ojos.

A la cinta negra

CARLOS: Sobre negro no hay color,
antes muestra la que pinta
negro, mi primer favor,
que no ha de haber, negra cinta,
otro amor sobre mi amor.
Sin temor
vive ya mi confianza,
pues hoy los recelos pierde
de mudanza,
y dejando el color verde,
funda en negro su esperanza.

A la calabaza

PINZÓN: No te honran mucho estas trazas
Leonisa, a mi parecer,
pues mitra debió traer
quien me ha dado calabazas.
   Aunque castellanos viejos,
dirán que es buena señal,
pues nunca se llevan mal
calabazas y Alaejos.
   Favoreciendo me enfadas,
porque en darme, prenda mía,
la calabaza vacía,
me das de calabazadas.
   Múdala, o en paz y en salvo
mi amor se desembaraza,

que favor de calabaza
sólo se ha de dar a un calvo.

Levántanse. Tocan trompetas,
chirimías y toda la música; cáese abajo todo
el lienzo del teatro y quede un jardín lleno de flores y
hiedra. A la mano derecha esté un purgatorio y en
él penando algunas almas, y a la izquierda un infierno y
en él colgado uno y otro en una tramoya, y una sierpe y un
león a sus lados; arriba, en medio de esto, en otra parte,
una gloria y en ella Apolo sentado en un trono con una corona de
laurel en la mano

LUCRECIA: ¿Qué es esto?
PINZÓN: El pastor Criselio,
      que aunque pastor nigromante,
      consoló en su cueva a Anfriso
      cuando lloraba pesares,
      en figura de romero,
      según cuenta en sus anales
      La Arcadia, tercero libro
      folio ciento y cuatro, os hace
      ostentación de su ciencia.
      Todo hombre debe acordarse
      cuando en los montes de Italia
      perdimos a don Beltrane,
      digo, al peregrino Anfriso,
      que llegando a consolarle,
      le enseñó el pastor Criselio;
      héroes de Apolo y de Marte,
      como son Rómulo y Remo,
      César, Licurgo, Alejandre,
      Aquiles, Vamba, Aníbal,
      las cuatro matronas graves,
      Semíramis, Artemisa,
      Cenobia y la que dió al áspid
      el pecho, el alma al infierno,
      y a Marco Antonio su sangre,
      imágenes y epitafios
      al Rey de Aragón don Jaime,
      al Cid, a Bernardo el Carpio

y al gran Gonzalo Fernández.
Éste, pues, a instancia mía
hoy os quiere hacer alarde
de sus mágicos secretos,
porque apariencias no falten.
LUCRECIA: ¡Gran sabio!
CARLOS: ¡Espantosa vista!
HORTENSIO: Es Criselio hombre notable.
ALEJANDRA: ¿Y qué significa aquesto,
si es que puede interpretarse?
PINZÓN: Éste es Parnaso de Apolo,
y todos los circunstantes
son poetas.
FELIPE: ¿Y quién son
los que están a estas dos partes?
PINZÓN: El Parnaso se compone
de tres senos o lugares:
gloria, infierno y purgatorio.
ÁNGELA: ¡Qué llamas tan espantables!
PINZÓN: Los de la mano derecha,
porque mejor se declare,
en letras góticas dicen,
Parnaso crítico.
LUCRECIA: Trance
es de temer. Mas ¿por qué
penan?
PINZÓN: Pecados veniales
son las palabras ociosas,
que con fuego han de purgarse;
vocablos impertinentes,
que fuera de sus lugares
están, como carne huída;
son los que en nuestro lenguaje
proponen los adjetivos,
latinizan el romance
y echan el verbo a la postre,
como oración de pedante.
Dicen que está en el infierno
su primer dogmatizante,
que introducir nuevas sectas

no es digno de perdonarse.
Penan en el purgatorio
sus discípulos secuaces,
por no pecar de malicia,
que los más son ignorantes.
ROGERIO: ¿Y quién son?
PINZÓN: Este es *Candor,*
        aquél se llama *brillante,*
        Émulo aquél y *Coturno*
        el otro; aquél el *Celaje,*
        Cristal animado el otro;
        Hipérbole, Pululante,
        Palestra, Giro, Zerúleo,
        Crepúsculos y Fragantes
        murieron con contricción,
        y quisieron enmendarse,
        mas no tuvieron lugar.
        Rueguen a Dios que los saque
        de penas de Purgatorio,
        que a fe que hay entre ello fraile
        que habla prosa vascongada
        y versos trilingües hace.
FELIPE: Y ¿quién son los del infierno?
PINZÓN: Leed esas letras grandes.
FELIPE: *Parnaso cómico* dicen.
LUCRECIA: Y éstos ¿no pueden salvarse?
PINZÓN: No han de ir al cielo de Apolo.
LUCRECIA: ¿Por qué culpa?
PINZÓN: Detestables.
        ¿No es hacer moneda falsa
        crimen lese majestatis?
LUCRECIA: Claro está.
PINZÓN: Pues éstos venden
        a todo representante
        comedias falsas; con liga
        de infinitos badulaques
        han adulterado a Apolo
        con tramoyas, maderajes
        y bofetones, que es dios
        y osan abofetearle,

y están corridas las musas
que las hacen ganapanes,
cargadas de tantas vigas,
peñas, fuentes, torres, naves,
que las tienen deslomadas,
y así las mandan que pasen
penas y cargas eternas
a sus culpas semejantes,
y las atormenten sierpes
arpías, gritos, salvajes,
que son los que en sus comedias
introducen ignorantes,
dando al ingenio de palos.

LUCRECIA: Quien tal hace, que tal pague.

CONRADO: ¿Quién es aquél que se quema?

PINZÓN: Un poeta vergonzante
que pide trazas de noche
de limosna.

CONRADO: ¿No las hace?

PINZÓN: No es hombre de traza el pobre,
que hay poetas oficiales
que cosen lo que les corta
el maestro.

ÁNGELA: No le alaben
de ingenio a ése.

ALEJANDRA: ¿Y aquél?

PINZÓN: Es un poeta de encaje,
que en una comedia mete,
como si fuera ensamblaje,
cuatro pasos de las viejas
redondillas y romances
con todas sus zarandajas.

LUCRECIA: Vena estéril.

FELIPE: No le llamen
al tal sino remendón,
y cuando escriba le manden
sentar sobre una banqueta,
pues echar tacones sabe.

PINZÓN: Llevan sus muchachos éstos
que pregonan por las calles,

en vez de "¿hay zapato viejo?"
"¿hay comedia vieja?"
CARLOS: Pasen
por poetas de obra gruesa,
y llénenles los costales
papelistas de la legua
en ese oficio tratantes.
ALEJANDRA: ¿Quién es aquél que en la silla
tan autorizado y grave
tiene en la mano el laurel
borla del Petrarca y Dante?
PINZÓN: Ésa es la gloria de Aolo,
y, aquél el dios que las llaves
tiene del entendimiento,
y premiar al docto sabe;
la corona es para quien,
escribiendo dulce y fácil,
sin hacerle carpintero,
hundirle ni entramoyarle,
entretiene al auditorio
dos horas, sin que le gaste
más de un billete, dos cintas,
un vaso de agua o un guante,
ése se coronará.
ALEJANDRA: ¿Y los demás?
PINZÓN: Que se abrasen;
pues dándonos pan de palo,
los ingenios matan de hambre.
Los que quisieran saber
los misterios importantes
que el sabio Criselio enseña
a los pastores amantes,
a su cueva los convida.
LUCRECIA: Entremos todos a hablarle.
CARLOS: Satírico es el doctor.
ÁNGELA: Y sus burlas agradables.

*Encúbrese todo con música; vanse y
quedan solos PINZÓN y ALEJANDRA*

ALEJANDRA: Esperad, señor doctor,
          en enredos gradüado,
          que ya yo sé que os han dado
          borla de embelecador.
              ¿Vos pensáis que yo no sé
          vuestras socarronerías?
          Médico en bellaquerías
          que ayer mochillero fue
              y hoy a Galeno interpreta,
          yo diré quién sois a todos;
          de vuestra traición los modos
          veremos si halláis receta
              de palos preservativa.
PINZÓN: (¡Oxte, puto! Esto va malo.   **Aparte**
          contra enfermedad de palo
          no hay Hipócrates que escriba.)
              ¿Así se pierde el respeto
          de mi autoridad, señora,
          a mi presencia doctora?
ALEJANDRA: Burlador, ya sé el secreto
              que a vos y a vuestro señor
          en nuestra quinta disfraza,
          y que con aquesa traza
          Lucrecia encubre el amor
              que tiene al fingido Anfriso.
          Desde Valencia a Milán
          vino, donde es capitán;
          de todo me ha dado aviso
              un español del presidio
          que en nuestra ciudad está.
          ¡Mal vuestro amo logrará
          metamorfosis de Ovidio!
              Ya hortelano, ya pasante,
          ya pastor de esta ribera,
          que su amorosa quimera
          no ha de pasar adelante;
              ni consienten mis desvelos,
          médico embelecador,
          que pues no paga mi amor

aumente con él mis celos.
    Yo diré que es don Felipe,
que ni está loca Lucrecia,
ni con maraña tan necia
es bien que se me anticipe;
    caballeros hay aquí
señores y potentados
que vengarán mis cuidados,
a pesar del frenesí
    que la condesa ha fingido;
pagándoos la cura a vos
a palos.
PINZÓN: ¡Cuerpo de Dios
con quien dotor me ha metido!
    ¿No ves que echas a perder
toda la Arcadia con eso?
También tú has perdido el seso;
que te cure has menester.
ALEJANDRA: Pícaro disimulado,
    ¿Vos á Anfriso me quitáis?
PINZÓN: ¿Díjelo yo?
ALEJANDRA: ¿Vos curáis,
    médico desatinado,
    la condesa a costa mía,
para que yo el seso pierda
loca Alejandra, ella cuerda?
¿Hay tan gran bellaquería?

Da voces

    Carlos, Hortensio. ¡Oh, qué bueno
iba el enredo, Jesú!
PINZÓN: ¡Paso, lleve Belcebú
a Avicena y a Galeno,
    con cuantos médicos viejos
inventó la medicina,
purgas, jarabes y orina
y al licenciado Alaejos
    que es la mayor maldición!

Si la voluntad supiera
que a mi amo tienes, yo hiciera
que pagara tu afición,
    pues no está por la condesa
don Felipe, tan picado,
que no haya considerado
lo que contigo interesa.

Sale LUCRECIA

LUCRECIA: Voces oigo en el jardín.
            Alejandra y el doctor
            las dan.
ALEJANDRA: ¿Que me tiene amor?
LUCRECIA: Saber intento a qué fin
            ha sido la riña y voces,
            desde esta murta escondida.
PINZÓN: Quiérete como a su vida;
            mal a mi señor conoces.
                Él me lo ha dicho mil veces.
            Verdad es que enamorado
            de Lucrecia, y disfrazado
            con la fuerza que encareces
                por Lucrecia ha estado loco,
            y en esta *Arcadia* maldita
            el pastor Anfriso imita.
            Mas viéndote, poco a poco,
                su amor primero se enfría,
            y ya en el tuyo se abrasa.
LUCRECIA: ¡Ay, cielos! ¿Aquesto pasa?
            ¿Qué escucháis, desdicha mía?
PINZÓN: Como hay tantos imposibles
            que a mi dueño han de estorbar
            cuando se intente casar,
            su ejecución...
LUCRECIA: ¡Qué terribles
                desengaños!
PINZÓN: Tanto conde,
            tanto duque italiano

contra un pobre valenciano,
a sus deseos responde
que en Alejandra se muden.
ALEJANDRA: ¿Pues cómo nunca me ha dado
señales de su cuidado?
PINZÓN: ¿Qué amantes hay que no duden
declararse? Si él supiera
las finezas de tu amor.
ALEJANDRA: Ya las sabe.
LUCRECIA: ¡Oh, vil doctor!
¿Nos curáis de esa manera?
Yo haré que os salga la cura
costosa, por vuestro mal.
PINZÓN: Espera a su general;
y para esta coyuntura
guarda el decirte su amor;
porque, discreto desea
que tal caballero sea
testigo de su valor.
ALEJANDRA: Si él aborrece a Lucrecia
y eso, doctor, es verdad
ya sabéis mi calidad.
PINZÓN: Es la condesa una necia.
¿Tenéisle por hombre, vos,
que se había de casar
con una loca?
ALEJANDRA: El amar
todo es locura.
PINZÓN: ¡Por Dios,
que os adora!
ALEJANDRA: ¿Pues de qué
sirve el fingir que es Anfriso?
PINZÓN: Pretende con este aviso,
entretanto que aquí esté,
veros para declararse
cuando su general venga,
y que la condesa tenga
sosiego para curarse;
que si va a decir verdad
¿a qué mármol no lastima

ver sin seso a vuestra prima?
LUCRECIA: ¡Buena capa de piedad!
ALEJANDRA: Pues bien; ¿cómo daréis vos
        traza de que me asegure
        él mismo, y que me lo jure?
PINZÓN: Yo haré que os habléis los dos
          esta tarde, y me dé albricias
        de las nuevas que le llevo;
        fuera que un enredo nuevo
        era de asegurar malicias
          de esta gente.
ALEJANDRA: ¿De qué modo?
PINZÓN: ¿En *La Arcadia* no fingió
        Anfriso que a Anarda amó?
ALEJANDRA: Ya he leído el libro todo;
          y celos de Belisarda,
        le hicieron disimular
        que a Anarda empezaba a amar.
PINZÓN: ¿Pues vos no sois aquí Anarda?
ALEJANDRA: Sí.
PINZÓN: Diréle yo a Lucrecia
        que porque mejor se imite
        La Arcadia, si lo permite,
        muestre que a Anfriso desprecia,
          y que a Olimpo favorece;
        porque Carlos ha tenido
        noticia de que el fingido
        pastor que la desvanece,
          es un español que viene
        con esta industria a usurparle
        su dama, y que asegurarle
        porque no lo crea, conviene.
          Haréle favorecerla,
        y Anfriso, de esta mudanza
        quejoso, para venganza
        de su agravio y ofenderla,
          dirá que es ya vuestro amante,
        y que se quiere casar
        con vos.
ALEJANDRA: ¿Y en qué ha de parar?

PINZÓN: Diréle que es importante
          a todos, para que el seso
          cobre Lucrecia, que vea
          que el Anfriso que desea
          tiene esposa.
ALEJANDRA: Bueno es eso.
PINZÓN: Porque viéndole casado,
          y que imposible ha de ser
          llamarse ya su mujer,
          ya que en este tema ha dado,
            cobre así perfecta cura,
          pues según dice Galeno,
          veneno, contra veneno,
          contra locura, locura.
            Todos acreditarán
          mi parecer y opinión,
          y aprobando mi razón
          vuestras bodas fingirán,
            y creyendo que es Lucrecia
          de burlas el casamiento,
          deshecho el encantamiento
          se quedará para necia.
LUCRECIA: ¡Bien el médico me trata!
ALEJANDRA: Concluídlo vos así
          y satisfacéos de mí,
          que os pagaré.
PINZÓN: ¿En oro o plata?
ALEJANDRA: En uno y otro. Más... quedo;
          que sale Lucrecia.
PINZÓN: ¿Quién?
ALEJANDRA: La condesa.
PINZÓN: ¡Por Dios, bien
          si ha escuchado nuestro enredo!
ALEJANDRA: No sé, mas por sí o por no
          decid que estoy indispuesta.
PINZÓN: El pulso, esotro; aunque es ésta

Tómale el pulso a las dos manos

calentura, bien sé yo
de lo que os ha procedido.
LUCRECIA: ¿Qué hacéis los dos aquí?
PINZÓN: Está
mala Alejandra, y será
de que esta tarde ha comido
almendrucos indigestos;
tiene el pulso destemplado
como barro; ha merendado
fiambre, y son manifiestos
principios de apoplegía.
Vide Averroes juxta textum,
crudum super indigestum,
febrem pestilentem cría.
Pero váyase a acostar,
y para preservación
háganla una fricación
de piernas, y luego echar
mil y quinientas ventosas.
ALEJANDRA: ¿Cuántas?
PINZÓN: Apela, si cuentas
hoy con las mil y quinientas,
que todas son provechosas.
Mas no la echen sino seis,
la una de ellas fajada,
que esto a Laguna le agrada,
De encurbitis.
LUCRECIA: No echéis
a perder tanto aforismo
que sois prodigio, doctor.
Ve a acostarte tú.
ALEJANDRA: Mejor
me siento.
LUCRECIA: (En extraño abismo   **Aparte**
me anegáis recelos vanos.)
ALEJANDRA: Pero iréme, con todo eso,
a reposar.

Vase ALEJANDRA

LUCRECIA: (¡Pierdo el seso!   **Aparte**
            ¡Ay hombres, todos livianos!)
              Decid, doctor. ¿Por ventura
            es de vuestra facultad,
            después que a la enfermedad
            pulsos toca y pone en cura
            ser en amores tercero?
PINZÓN: (¡Por Dios, que nos atisbó!)   **Aparte**
LUCRECIA   Que Galeno, no sé yo
            que fuera casamentero.
PINZÓN: Señora, por todo pasa
            el que dar salud procura.
LUCRECIA: El médico sólo cura
            y el cura sólo es quien casa.
              Mas si la jurisdicción
            ajena usurpastes ya,
            por vos el vulgo dirá
            desde hoy, y tendrá razón,
              "Cura que en la vecindad
            cura con desenvoltura,
            ¿Para qué le llaman cura
            si es la misma enfermedad?"
PINZÓN: ¿Pues que tenemos para eso?
            ¿Qué varetas me tiráis?
LUCRECIA: Basta; que a Anfriso casáis
            y a mí me curáis el seso.
PINZÓN: ¡Qué bien que estáis en el caso!
            Si a Alejandra no engañara
            de este modo, declarara
            nuestro enredo.
LUCRECIA: ¡Paso, paso!
PINZÓN: Paso, o envido, ella sabe
            el nombre de mi señor,
            su patria, hacienda y valor,
            si es villano, si hombre grave;
              si es de veras vuestro mal
            o de amor traza sutil.
LUCRECIA: ¿Vos, un médico civil
            contra mí tan criminal?

¡Villano!
PINZÓN: (Esto va muy malo.   **Aparte**
             ¿Mas que soy tan venturoso,
             que sin sentirme buboso
             me manda tomar el palo?)

                Sale don FELIPE

FELIPE: (¿Qué disparates son éstos   **Aparte**
             de Alejandra y de Pinzón?)
             ¿Qué bodas o enredos son,
             decid, estorbos molestos,
               los que acaba de decirme?
             Mas aquí Lucrecia está;
             mi pastora.
LUCRECIA: Cesó ya
             La Arcadia, ya no fingirme
               ni loca, ni Belisarda.
             Alejandra es vuestra esposa,
             discreta, rica y hermosa
             para casarse os aguarda.
               Pinzón fué el casamentero;
             gocéis el dichoso estado
             que, de tal mano, tal dado,
             tal boda de tal tercero;
               que yo, pues *La Arcadia* cesa,
             que tan en mi daño fué,
             con Carlos me casaré,
             no pastora, mas condesa.

                Vase LUCRECIA

FELIPE: ¿Mi bien? ¿Condesa? ¿Señora?
             ¿A Lucrecia, a Belisarda?
             Traidor, ¿qué desdicha es ésta?
             ¿Qué le dijiste a Alejandra?
             ¿Qué embelecos has fingido?
             ¿Qué bodas son las que trazas

para matarme con ellas?
　　　¿Por qué me ofende y se agravia?
PINZÓN:　　Eso sí, echarme la culpa
　　　cuando es justo darme gracias,
　　　porque a Alejandra impedí
　　　el echar por la ventana
　　　el bodegón.
FELIPE:　　　¿Estás loco?
PINZÓN:　　Borracho al menos estaba
　　　cuando me metí en dibujos
　　　que agora tan mal me pagas.
　　　Si Alejandra te conoce;
　　　si sabe tu nombre y patria;
　　　lo que adoras a Lucrecia;
　　　los engaños de esta Arcadia;
　　　si para decir quién eres
　　　voces, como loca, daba,
　　　llamando los caballeros
　　　que aquí mi ingenio disfraza,
　　　¿cómo te parece a ti
　　　que había de asegurarla
　　　y excusar todo un diluvio
　　　de palos a mis espaldas,
　　　si no es urdiendo quimeras
　　　y diciendo que te abrasas
　　　por ella? Si se escondió
　　　para acecharnos tu dama
　　　¿es adivino un dotor?
FELIPE:　　Tú dijiste que yo amaba
　　　a Alejandra.
PINZÓN:　　　¿Qué querías?
FELIPE:　　¿Y lo escuchó Belisarda?
PINZÓN:　　El amor todo es orejas.
FELIPE:　　Pues si con Carlos se casa,
　　　¿qué he de hacer, traidor, yo agora?
PINZÓN:　　Mondar nísperos.
FELIPE:　　　Tú causas
　　　mi muerte, tú me destruyes.
PINZÓN:　　Siendo dolor, ¿tú pensabas
　　　que habia yo de ser menos

que los que curando matan?
FELIPE: ¡Traidor! Yo no te decía
            que tus bufoniles gracias
            a perder me habían de echar?
PINZÓN: Alto. ¿Yo he de ser la vaca
            de la boda?
FELIPE: ¡Vive Dios
            villano! Pues que me matas
            que has de morir tú primero.

Saca un cuchillo de monte

PINZÓN: Miren aquí en lo que para
            un injerto de dotor
            y mochilero. ¡Oh, mal haya
            quien por tí, ha revuelto libros,
            jarabes, purgas y calas!
FELIPE: Una pierna he de cortarte,
            escoge.
PINZÓN: Es cojo quien anda
            con solamente una pierna,
            pero córtalas entrambas
            que no estoy para escoger.
FELIPE: ¡Traidor! Lucrecia casada,
            ¿qué he de hacer por tí?
PINZÓN: ¿Ya es barro
            a falta de ella Alejandra?
FELIPE: ¡Oh bufón, borracho, loco!

Tírale de las orejas

PINZÓN: ¡Aquí de Dios! ¡Que me sacan
            de las sienes las orejas!
            ¿Hasta cuándo has de tirarlas?

86/92

CARLOS: ¿Quién alborota la quinta?
CONRADO: Voces dan desentonadas.
       Pero ¿no es éste el doctor?
PINZÓN: Vuelve a ponerme la capa
       y disimula, que yo
       desenojaré a tu dama.
       ¡Maldiga Dios quien te sirve!

Compónese

ROGERIO: ¿Qué es esto?
PINZÓN: Riñas de casa;
       es éste, nuestro pasante,
       una mula con albarda.
       Sácame de mis casillas.
       ¡Jesús, Jesús!
CARLOS: ¿Pues qué pasa?
PINZÓN: Examinábale agora
       de la suerte que curaba
       un romadizo y responde
       que de la vena del arca
       le saquen seis escudillas;
       miren que médico sangra
       con romadizo; un jumento
       sois, un buey. Decid, ¿no manda
       Galeno *inflebotomía*
       minutiones sine causa,
       maxime en los romadizos
       medici prudentes caveant?
       Los romadizos se curan
       vigilia jejunio, y sanan
       con humo de quina quina
       y con ungüento de ranas.
       ¿Dónde hallaste vos ser bueno

contra la pasión de rabia
el emplastro de orejones?
Aun en la modorra--¡vaya!--
Bueno es tirar las orejas
pero no con fuerza tanta
que del casco se las saquen.
FELIPE: (Este loco disparata.   **Aparte**
            ¿Y ha de dar con todo en tierra?
            A buscar mi Belisarda
            voy, que si disculpas oye
            yo vendré a desenojarla.)

                    Vase don FELIPE

PINZÓN: Corrido va de vergüenza
            el pasantón.
ROGERIO: Poca causa
            os dió de descomponeros.
PINZÓN: Si la paciencia me acaban
            las necedades que dice,
            ¿señores, qué quieren que haga?
            Háme roto las orejas
            con una y otra alcaldada.
            Mas él me lo pagará
            o no seré yo, esto basta.

            *Vase PINZÓN. Salen LUCRECIA, HORTENSIO,
                 ÁNGELA y ALEJANDRA*

LUCRECIA: Esto, padre, se ha de hacer.
              Yo estoy ya desengañada
              de que Anfriso no me quiere
              por casarse con Anarda.
              Mi esposo ha de ser Olimpo,

pues si voy contra el *Arcadia*
que afirman que se casó
con Salicio Belisarda,
mi amor, que puede, dispensa,
y para cobrar venganza
de mis agravios, importa.
HORTENSIO: Digo, hija, que se haga
tu gusto.
CARLOS: Aunque sea fingido,
dente, Amor, mis esperanzas
las gracias de aquesta boda,
pues es señal de que me ama
mi condesa. Dala seso
que es lo que agora la falta,
y representa de veras
lo que de hoy burlas ensayas.
LUCRECIA: Pues, padre, cúmplase luego.
CONRADO: ¿Qué es esto?
HORTENSIO: Locas mudanzas
de Lucrecia, que seguimos,
como veis, por sosegarla.
Dice que ha de desposarse
hoy, con Olimpo; llevadla
el humor, fingid sus bodas
y dadle el parabién.
ROGERIO: Vaya;
aunque a Carlos tengo envidia.
HORTENSIO: Todo es de burlas.
ROGERIO: Las llamas
aunque de burlas las toquen
de veras queman y abrasan.
ALEJANDRA: Muchos años hoy gocéis
discreta y bella serrana,
para gloria de estos montes.
LUCRECIA: Y vos, venturosa Anarda,
logréis el amor de Anfriso.
CARLOS: Hágase un torneo de agua
esta tarde, que ya tengo
en nuestro Erimanto barcas.

ÁNGELA: Así en la Arcadia se hizo
        en las bodas malogradas
        que nuestra pastora imita.
LUCRECIA: Soy de esotra semejanza.
HORTENSIO: Dense las manos los dos.

Baja don FELTPE en una nube y quédase abajo,
y al mismo tiempo arrebata otra a CARLOS y vuela arriba

FELIPE: ¡Oh traidora Belisarda!
PINZÓN: Esto mismo dijo Anfriso
        cuando la cinta le daba
        a Olimpo, loco de celos;
        mas hoy por mi industria baja,
        porque no falten tramoyas
        a desenlazar marañas
        y satisfacer sospechas
        con que nos confunde Anarda.
        Por arte de encantamiento
        vuelvo; Olimpo, no caigas,
        que saldrá mal la apariencia.
ÁNGELA: Donosa burla.
CONRADO: Extremada.
FELIPE: Cesen ya, celosa mía,
        invenciones excusadas.
        Lucrecia sois y mi esposa;
        Yo, don Felipe de España.
        ¡Ya es tiempo de hablar verdades!
LUCRECIA: ¿Pues no adoras a Alejandra?
FELIPE: ¿Cómo puedo, si mi amor
        te dió las llaves del alma?
LUCRECIA: Tu esposa soy; ya estoy cuerda.
CONRADO: ¿Cómo es esto?
PINZÓN: Esto se llama
        entre médicos, papilla
        y morlaco, a quien la mama.
ROGERIO: ¿Luego cásanse de veras?

PINZÓN: Y tan de veras se casan
            como *La Arcadia* es de burlas.
ROGERIO: Si lo consienten mis ansias.
CONRADO: No, mientras que yo viviere.

Sale CARLOS

CARLOS: Pastores, en nuestra casa
            tenemos el mejor huésped
            que honró en nuestro siglo a Italia,
            don Jerónimo, famoso,
            Pimentel, sol en las armas
            y blasón de Benavente.
            Me da aviso en esta carta
            que hoy llegará a ser padrino,
            no de Anfriso y Belisarda,
            de Lucrecía y don Felipe
            Centellas, su camarada
            y amigo. Mis celos cesan
            y a todos os desengañan
            que la condesa ha fingido
            su locura, y nuestra Arcadia
            por este español, dichoso.
ALEJANDRA: ¿Hay tal burla?
CARLOS: Aunque pesada,
            Yo saldré contento de ella
            si Alejandra mi amor paga.
ALEJANDRA: Mi dicha, conde, confieso.
CONRADO: Doña Ángela, si en vos halla
            remedio este daño, dadme
            la mano.
ÁNGELA: Y con ella el alma.
PINZÓN: ¿Y qué han de darle al dotor
            Alaejos, cuyas trampas
            le han pagado en orejones?
LUCRECIA: Yo satisfaré tus gracias.
FELIPE: Salgamos a recibir
            a don Jerónimo, y hagan

fiestas a mis desposorios,
los que mi ventura alaban,
entretanto que agradece
Tirso a la Vega de España,
la materia que en su libro
dio a nuestra fingida *Arcadia*.

FIN DE LA COMEDIA